奎文萃珍

邯鄲記

〔明〕湯顯祖 撰

文物出版社

圖書在版編目（CIP）數據

邯鄲記 / (明) 湯顯祖撰. -- 北京 : 文物出版社,
2022.3
（奎文萃珍 / 鄧占平主編）
ISBN 978-7-5010-7363-4

Ⅰ. ①邯… Ⅱ. ①湯… Ⅲ. ①傳奇劇(戲曲) - 劇本 - 中國 - 明代 Ⅳ. ①I237.2

中國版本圖書館CIP數據核字(2022)第006425號

奎文萃珍
邯鄲記 〔明〕湯顯祖 撰

主　　編：鄧占平
策　　劃：尚論聰　楊麗麗
責任編輯：李子裔
責任印製：張　麗

出版發行：文物出版社
社　　址：北京市東直門内北小街2號樓
郵　　編：100007
網　　址：http://www.wenwu.com
經　　銷：新華書店
印　　刷：藝堂印刷（天津）有限公司
開　　本：710mm × 1000mm　1/16
印　　張：19
版　　次：2022年3月第1版
印　　次：2022年3月第1次印刷
書　　號：ISBN 978-7-5010-7363-4
定　　價：110.00圓

序言

《邯鄲記》，一作《邯鄲夢記》，三卷，明湯顯祖撰。該書是『臨川四夢』之一，湯顯祖傳奇劇作代表。

湯顯祖（一五五〇—一六一六），字義仍，號海若、若士、清遠道人，江西臨川人。明代戲曲家、文學家。萬曆十一年（一五八三）進士，在南京先後任太常寺博士、詹事府主簿和禮部祠祭司主事。萬曆十九年（一五九一）因上《論輔臣科臣疏》被貶爲徐聞典史，後調任浙江遂昌知縣。萬曆二十六年（一五九八）弃官歸里，居家潛心于戲劇及詩詞創作。戲劇作品有『臨川四夢』（《牡丹亭》《紫釵記》《南柯記》《邯鄲記》），詩文有《玉茗堂全集》《紅泉逸草》《問棘郵草》。

《邯鄲記》作于明萬曆二十九年（一六〇一），其事本于唐李泌的傳奇小説《枕中記》。全劇共二十九折，叙邯鄲盧生夢中娶妻、高中狀元、建立功勛，後遭陷害貶官。玄宗皇帝知其冤情，令再度返朝，封公列爵，享盡榮華富貴，死後醒來，方知是黄粱一夢，徹底醒悟。湯顯祖通過此劇揭露明代官場的殘酷現實。《曲海總目提要》則言此劇蓋因湯顯祖初受張居正阻抑而下第，後雖中進士但不得鼎甲，『意常鞅鞅，故借盧生事以抒其不平』。吴梅言『《記》中所述人世險詐之情，是明季宦途習氣，足以考萬曆間仕宦況味』。（《中國戲曲概論》卷中）明代馮夢龍極賞此劇，其《邯鄲夢總評》云：『玉茗堂諸作，《紫釵》《牡丹亭》以情，《南柯》以幻，獨此因情入道，即幻悟真，閱之，令凡夫獨子俱有厭薄塵埃之想，四夢中當推第一。』

此劇有二卷本、三卷本。二卷本較多，有明萬曆刻本、明末柳浪館刻本、明崇禎間獨深居點定《玉茗堂四種曲》本、明末汲古閣原刻初印本、汲古閣刻《六十種曲》本等；三卷本僅見明天啓元年（一六二一）吴興閔光瑜刻朱墨套印本。閔光瑜（一五八〇—一六五八），字韞孺。吴興（今浙江湖州）人。閔氏家族是晚明湖州四大望族之一，和凌氏家族皆從事刻書，以朱墨套印出名。卷前閔光瑜《小引》自述：『余贅之繪像、批評、音釋，可謂夢中尋夢，迷之甚矣。』是書天頭鎸刻眉批，有注音及諸家評語；正文行間也有圈點和評語。卷前另有十幅插圖，吴門王文衡所繪。每幅插圖配有題句，字體仿照唐寅、李昭道、陳居中、趙孟頫、仇英等名人書法，篆隸行草皆在其中。版畫插圖繪刻精細，在構圖、立意、用筆等方面，已經從嘉靖、隆慶時期的簡樸粗放逐漸轉向婉麗舒展。亭榭樓閣、山水樹石、人物動作衣飾，一筆一畫，纖密入理。

兹據閔光瑜刻朱墨套印本影印。

馬鴻雁

二〇二二年二月

邯鄲夢記題辭

士方窮苦無聊倏然而與語出將入相之事未嘗不撫然太息庶幾一遇之也及夫身

春雨初霽庭濃醉之
東過來形勢之勝渙
從而活以神化之道
清淡示曠又來營之
復能為以顯幽雅著

遥聽以美清泉之活
天目高源風之拂
天籟也文涯乎天地
之之之盈以雅言之子
古乎同黃神仙篇之一

英雄之大致是游戏
梦记东里仙槎集
换枕而闻妈君子因入
以拼元人物予势通
活格陕招地格生涯

摘句深邈之言而於巾
竊之為得盡其致之情
古賢之文家撰之廣廬術
說枕手為之可世傳
李鄴居淡化之人可知

經史傳泌少好神仙
之學不屑然宦為世
主所張數為綠滴之
策觀察使歸定山
通以至三州集以便餉

法文以存經理時策也
子元載春正之結下予
亦喜之結屋之以為書遂
淞於觀少游滬載津
昔淞懷郎滬湘旬盤亭

餘所十年學書只是也
枕中所記祕自得字
唐人高祕於草書道範
蠶起正之勞之一變
之為精藝於中生于

世法影中沉酣啽囈
以至於死一哭而醒夢
死可醒真死何及世
因按頭思之遂而何而著
古今所以高之一二家著

談古論不必了人至乃
山河影之萬古歷終
未名世事若夢空兩卷
云影之河六言歷終岸
以其浮求之一夢雖定

物外萬象去如夢覺

醒後何存泝長古去

筆揮一醉必北枕孔中

流聯雜耳辛丑中秋

前一日臨川居士題于

清畫樓

题辞

丙辰秋夜气和清省亥世尘见久矣条为害ニ是家以酒色财气为四贼犯此四者亦必别无道所语

從地蹶還從地起舍是
則必為旁門而旁徑矣
臨川證後法者將四條正
語希人知斯路一部用
撥引後入悟時自度法

退溪為戲劇時許彥[illegible]
同時之[illegible][illegible]嘗日[illegible]鄰[illegible]
以說之曹先生反以之真何
也余曰一夢六千年便是
空之事何必孫孫諸空空

生真似抗也不必僊人丁
令威去家千載復來歸
守討至時直華山道士睡
眠耳乃採訪人民發
桑田幾滄海至陂子年

去冬與六年前在京饒晉
饒舌談得生在一西与之是
於與之酒色財氣深
回余今乃知夢盡頭依舊
余起拈帙濡墨為記四

盱天放菴人劉嘉祥題

蕪城玉蟾居士書

小引

刻是傳者地在晟溪里其室曰陰懸堂主人夢迷生曰昔人有言詩變為詞、變為曲、之意詩之遺也則南曲者正尚與三百篇等觀未可以雕蟲小技也元曲句論明

則亟若四種經責三都爲郵郵爲
南柯托儸托佛等多界於一夢
從名利熱場一再唇讀以滌油
鍋中一滴清涼露遂知濟川許大
慈悲許大功德比作大衆貝葉
可比作六一金斛可印與風雅

騷京而子堂獨寫宮義調學新聲聞雞句已扎經緯悵川說夢夢也余贅贅繪像批評音釋而詔夢中說夢迷之甚矣因自號曰夢迷生夢迷者誰吳興閔光瑜韞孺氏書

天啓元年立夏日謹識

凡例

一玉茗堂舊刻刋行既久不無魚虞豕亥之訛茲與臨川初本校對一字不差其有於義應作某字而原本借用某字者附註於傍不改其舊

一新刻藏本止載晉叔所竄原詞過半刪焉是有藏竟無湯也茲以湯本爲主而

臧改附傍使作者本意與改者精工一
覽並呈

一批評舊有柳浪館刊本近爲坊刻刪竄
淫哇雜響茲擇採其精要者與劉評共
用朱印惟作字差大以別之若臧評則
梓在墨板以便看也

一音切悉遵九宮調太和正音譜考訂的

確或平聲借入入聲借平一字而二三
音者俱從本調起叶

邯鄲記總評

袁中郎云一切世事俱屬夢境此與南柯可謂發洩殆盡矣然仙道尚落夢影畢竟如何方得大覺也我不好言當稽首問之如來

許中翰曰邯鄲離合悲歡倏而如此倏而如彼絶無頭緒此都描畫夢境也噫可

謂獨得臨川苦心者矣可與讀玉茗堂
中著述矣
臧晉叔云臨川作傳奇常恠其頭緒太多
而邯鄲記不滿三十折當是束於本傳
不敢別出己意故也然使顧道行張伯
起諸人為之即一句一字不能矣
劉放翁云臨川曲正猶太白詩不用沈約

韻而晉叔若束之音律其不降心也固宜中間如夜雨打梧桐大和佛等曲及夫人閒外補司户弔塤箏閨月亦自青過於藍

邯鄲目

卷上

邯鄲目

卷中

邯鄲目

卷下

第二十八折　生寤

第二十九折　合僊

晴嵐山市落煙村
捕魚圖 倣唐伯虎

吴門王文衡

盈〻暮雨湘簾掛芙
人〻帶唉吹銀燼
徵唐伯虎　文衡

四二

江南處處冷落
青門麻

飛鞭紅雨夜
歸程
徵李明道

山色水光相照

紫塞長驅罷夜勝
黃雲白草
橫陳戎中

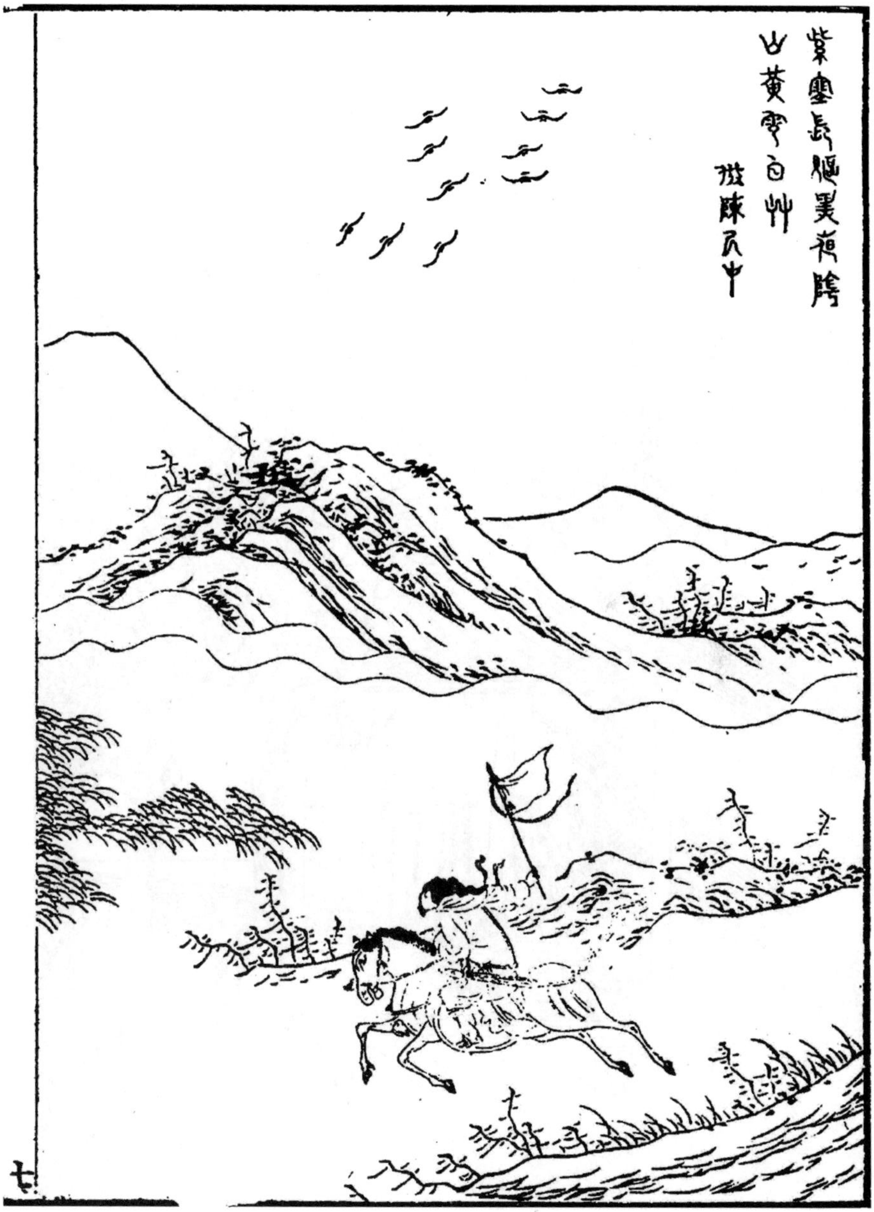

停梭悵遠人
倣李伯時

功臣賜馬夜白飛黃
倣趙松雪

九

滿床簪笏盡是旁
羅生辰
做仇十洲

一枕遊仙耿怪庚
十一

袁石公評
只今未遇的措大已遇的貴顯今〻是盧生但無緣遇呂祖耳然讀此枕中記却不是當面措點

枕中記

唐李　泌撰

開元十九年道者呂翁經邯鄲道上邸舍中設榻施席擔囊而坐俄有邑中少年盧生衣短裘乘青駒將適於田亦止邸中與翁接席言笑殊暢久之盧生顧其衣裝弊褻乃歎曰大丈夫生世不諧而困如是乎翁曰觀子膚極腴體胖無恙談諧方適而歎其困者何也生曰吾此苟生

屠赤水評
先以盧生數語
揔提所適而後
一一分疏明白
復揔徼一段以
揄揚其盛周匝
處不漏針芒

瓷音慈陶器

邯鄲

耳何適之爲翁曰此而不適於何爲適生曰當建功樹名出將入相列鼎而食選聲而聽使族益茂而家用肥然後可以言其適吾志於學而游於藝自惟當年朱紫可拾今已過壯室猶勤田畝非困而何言訖目昏思寐是時主人蒸黃粱爲饌翁乃探囊中枕以授之曰子枕此當令子榮適如志其枕瓷而竅其兩端生俛首就之寐中見其竅大而明若可處舉身而入遂至其

屠赤水評
拾朱紫之遺

袁石公評
一部仕進歷履

屠赤水評
捆名之適

取將之遠

家娶清河崔氏女、女容甚麗、而產甚殷、由是衣裘服御、日以華侈、明年舉進士、登甲科、解褐授校書郎、應制舉、授渭南縣尉、遷監察御史、起居舍人、爲制誥三年、即眞出典同州、尋轉陝州、生好土功、自陝西開河八十里以濟不通、邦人賴之、立碑頌德、遷汴州嶺南道採訪使、入京爲京兆尹、是時神武皇帝方事夷狄、吐蕃新諾羅龍莽布、攻陷瓜沙、節度使王君奐新被殺、投河隍

建功之速

袁石公評

畧盡升沉之際

急宜回首奚俟

漏盡鐘鳴

入相之速

戰恐帝思將帥之任遂除生御史中丞河西隴右節度使又破戎虜七十級開地九百里築三大城以防要害北邊賴之以石紀功焉歸朝策勳恩禮極崇轉御史大夫吏部侍郎物望清重羣情翕習大爲當時宰相所忌以飛語中之貶端州刺史三年徵還除戶部尚書未幾拜中書侍郎同中書門下平章事與蕭令嵩裴侍中光庭同掌大政十年嘉謀密命一日三接獻替啓

袁石公評
東門黄犬業有
成案讖得破忍
不過江心破漏
噬臍何及

又評
有此一竄愈足
顯復起之榮

沃號爲賢相同列者害之遂誣與邊將交結所
圖不軌下獄府吏引徒至其門追之甚急生惶
駭不測泣謂妻子曰吾家本山東良田數頃足
以禦寒餒何苦求祿而今及此思復衣短裘乘
青駒行邯鄲道中不可得也引刀欲自裁其妻
救之得免共罪者皆死生獨有中人保護得減
死論出授驩牧數歲帝知其冤復起爲中書令
封趙國公恩旨殊渥備極一時生有五子僔倜

屠赤水評
族茂之淹

袁石公評
一總滴水不漏
一篇血脈處處
靈動而後潑餘
波不盡

屠赤水評
列爵選声之適
蒙肥之適

儉、位、倚、傳爲考功員外、儉爲侍御史、位爲太常
丞、季子倚最賢、年二十四爲右補闕、其姻媾皆
天下族望、有孫十餘人、凡兩竄嶺表、再登台鉉、
出入中外、迴翔臺閣三十餘年、間崇盛赫奕、一
時無比、末節頗奢蕩、好逸樂、後庭聲色皆第一、
前後賜良田甲第佳人名馬不可勝數、後年漸
老、屢乞骸骨不許、及病、中人候望接踵於路、名
醫上藥畢至焉、將終、上疏曰、臣本山東書生、以

袁石公評
一上疏一降詔
摹狀寵榮極其
周悉

田圃爲娛偶逢聖運得列官序過蒙榮奬特受鴻私出擁旄鉞入昇鼎輔周旋中外綿歷歲年有忝恩造無裨聖化負乘致寇履薄臨兢日極一日不知老之將至今年逾八十位歷三公鐘漏並歇筋骸俱弊彌留沈困殆將溘盡顧無誠效上答休明空負深恩永辭聖代無任感戀之至謹奉表稱謝以聞詔曰卿以俊德作朕元輔出雄藩垣入贊緝熙昇平二紀實卿是賴比因

又評
舉世皆夢也演
邯鄲者以夢語
夢也天地有日
盡此夢何時醒
吾為世下一鍼
砭曰不須太認
真耳

疾累日謂痊除豈遽沈頓良深憫默今遣驃騎大將軍高力士就第候省其勉加針灸為朕自愛讌冀無妄期丁有喜其夕卒盧生欠伸而寤見方偃於邸中顧呂翁在傍主人蒸黃粱尚未熟觸類如故蹶然而興曰豈其夢寐耶翁笑謂曰人世之事亦猶是矣生然之良久謝曰夫寵辱之數得喪之理生死之情盡知之矣此先生所以窒吾欲也敢不受教再拜而去

何仙姑句改張果老再傳仙旨〔臧評〕

邯鄲　上

開場

漁家傲〔末上〕烏兎天邊纔打照仙翁海上驢兒叫。一霎蟠桃花綻了猶難道仙花也要閒人掃。一枕餘甜昏又曉憑誰撥轉通天竅白日矬西還是早回頭笑忙忙過了邯鄲道。

「何仙姑獨遊花下」　呂洞賓三過岳陽

俏崔氏坐成花燭　蠢盧生夢醒黃粱

啟口便是功名

展秋窓等句可入詩話（臧評）

情痴全傳之眼

第一折　行田

【破齊陣】【生上】極目雲霄有路，驚心歲月無涯。白屋三間，紅塵一榻，放頓愁腸不下。展秋窓腐草無螢火，盼古道垂楊有暮鴉。西風吹鬢華。

【菩薩蠻倒句】客驚秋色山東宅，宅東山色秋驚客。盧姓舊家儒，儒家舊姓盧。慧名何借問，問借何名慧。生小誤痴情，情痴誤小生。小生乃山東盧生是也。始祖籍貫范陽郡，土長根生。先父流移邯鄲縣，村居草舍。自離母穴，生成背厚腰圓；未到師門，早已眉清目秀。眼到口到心到，於書無所不窺；時來運來命來，所事何件不曉。數什么道理繭絲牛毛，我筆尖

可作世上好秀才賦

今文誰在我之先前世落在人之後可使老青衿掩泣（臧評）

穿扮得衣無衣等語佳（臧評）

頭。一些。些都篦的進。挑的出。怕那家文章龍牙鳳尾我錦囊底一樣樣都放的去。收的來。呀。說則說了百千萬般。遇不遇今二十六歲今日才子。明日才子。李赤是李白之兄。這科狀元。那科狀元。梁九乃梁八之弟。之乎者也。科今文豈在我之先。亦已焉哉。前世落在人之後後。衣冠欠整。稂不稂。秀不秀。人看處。面目可憎。世事都如啞則啞。聾則聾。自覺得語言無味。眞乃是人無氣勢。精神減。家少衣糧應對微所賴有數畝荒田。正直秋風禾黍。誤後進難攀先進。誰想這君子也如用之學老圃。混着老農。難道是小人哉。何須也到九秋天氣穿扮得衣無衣。褐無褐。不湊膝短裘敝貂。往三家店。兒乘坐着馬非馬。驢非驢。碁搭腳青騎似狗呀。雖則如此。無之柰何。不免鞴上蹇驢。散心一會。鞴驢驢鳴介我此驢也相伴多

落想已入富貴

詞中少三句今補足（臧評）

年了再不能勾騎馬高車

年年邯鄲道上也〔行介〕

〔柳搖金〕青驢緊跨霜風漸加克膝的短裘揸不任沙塵刮空田噪晚鴉牛背上夕陽西下秋風看一縷殘霞

古道紅樹槎牙（槎）（牙）唱道是秋容如畫荒村幾家白雲查謫、查謫槎牙

日已向晚且西村暫

任明日再田上去

返照入閭巷　憂來共誰語

古道少人行　秋風動禾黍

第二折　度世

呂仙自叙嘆起下文盧生行境原以得度者度人針線極好

一扮呂仙褡袱葫蘆枕上〔集唐〕蓬島何曾見一人。披星帶月斬麒麟。無緣邀得乘鳳去，還向瀛洲看月輪。自家呂巖字洞賓，京兆人也。忝中文科進士。素性飲酒任俠。曾於咸陽市上酒中殺人，因而亡命。又乏貧落，道遇正陽子鍾離權先生，能使飛昇黃白之術。見貧道行旅消乏，將石子半斤，點成黃金一十八兩，分付貧道仔細收用。貧道心中有疑，叩了一頭，稟問師父：師父，此乃點石爲金，後來仍變爲石乎。師父說：五百年後仍化爲石。貧道立取黃金抛散。雖然一時濟我緩急，可惜悞了五百年後遇金人。師父啞然大笑：呂巖呂巖，一點好心，可登仙界。遂得六一飛昇之術。心心密證，口口相傳，行之三十餘年，忝登了上八洞神仙之位。只因前生道緣深重，此生功行纏綿，性頗混塵。心存度世，近來奉東華帝君

何姑名從塵世度來，臨川引之，當自有意，未可刪去

何姑二曲俱刪〔臧評〕

新修起一座蓬萊山門，門外蟠桃一株，三百年其花纔放。時有酷刼剛風，等閒吹落花片，塞礙天門。先是貧道度了一位何仙姑，來此逐日掃花。近奉東華帝君，何姑證入仙班，因此張果老仙尊，又着貧道駕雲騰霧，於赤縣神州再覓取一人，來供掃花之役。道猶未了，何姑笑舞而來也。〔扮仙姑持箒上〕好風吹起落花也。

〔賞花時〕翠鳳毛翎札箒叉，閑踏天門掃落花。你看風起玉塵砂。猛可的那一層雲下，抵多少門外即天涯。

〔見介〕洞賓先生何往。〔呂〕恭喜你領了東華帝君，證了仙班。果老仙翁，誠恐你高班已上，掃

屡點出洞賓宴事埋伏酒色財氣為全傳主骨

好

花無人。着我再往塵寰。度取一位。敢支分殺
人也〔向〕洞賓先生。大功行了。只此去。未知度
人何處。蟠桃宴
可早趕的上也。
〔么〕你休再劒斬黃龍一線差。再休向東老貧窮
賣酒家。你與俺高眼向雲霞。洞賓呵你得了人
早些兒回話。遲呵。錯教人留恨碧桃花。〔下〕
〔呂〕仙姑刖去。不免將此磁枕裕袱駕雲而去
也。枕是頭邊枕。磁為心上慈。〔下〕〔丑上〕我這南
湖秋水夜無烟。柰可乘流直上天。且就洞庭
賒月色將船買酒白雲邊。〔內笑介〕小二哥發
誓不賒。又賒了。〔丑〕賒的賒一月。買的買一船
小子在這岳陽樓前開張箇大酒店。因這洞

諢語不俗

一調二韻

色叶節上声

單

庭湖水多。酒都壯潑了。這幾日。賒也沒人來好笑好笑〔內斗介〕小二哥。那不是兩箇賒的來了。〔丑〕請進請進。〔扮二客上〕一生湖海客。半醉洞庭秋。小二哥買酒。〔丑應介〕〔客看壺介〕酒壺上怎生寫着洞庭二字。〔丑〕盛水哩。〔客笑介〕也罷。拚我們海量。吞你幾箇洞庭湖。〔丑〕二位較量飲。〔一客〕小子鄱陽湖生意。飲八百杯罷〔一客〕小子廬江客。飲三百杯。〔丑〕這等消我酒不去。八百鄱陽三百焦。到不得我這把壺一箇腰。〔客〕好大壺嘴哩。〔歛飲唱隨意介〕〔丑〕又一箇帶牛臭子的來了。

【中呂粉蝶兒】〔上〕呂 秋色消疎。下的來幾重雲樹。卷滄桑半葉〔淺〕蓬壺。踐朝霞。乘暮靄。一步捱一步。

服叶房阻切

三句一韻

蹬音鄧
數上声

把世界數〻
韻下的是〔藏評〕

蜀叶如去声
中州韻入声
每似平声又
可作去声

删〔旅評〕

剛則是背上葫蘆。這淡黃生可人衣服。

〔醉春風〕則爲俺無挂碍的熱心腸。引下些〻有商量。來的清肺腑。這些〻時。蹬着眼下山頭。把世界幾點兒來數〻。這底是三楚三齊。那底是三秦三晉更有找不着的三吳三蜀。

說話中間。前面洞庭湖了。好一座岳陽樓也。

〔紅繡鞋〕趂江鄉落霞孤鶩。弄瀟湘雲影蒼梧。殘暮雨。響菰蒲。晴嵐山市語。烟水捕魚圖。把世人心閑看取。」
邊旁放着一座大酒店。店
主有麼。（丑）請進。（送酒介）

中多不合調今改（臣藏評）

【迎仙客】（呂）俺曾把黃鶴樓鐵笛吹又到這岳陽
樓將村酒沽。好景好景。前面漢陽江。上面瀟湘
蒼梧。下面湖北江東。請了。（丑）請什

把獨醪

主音祖

麼。（呂）來稽首。是「有禮數的洞庭君主。」（丑）鬼話
子。（內鴈呌）

洞庭君有礼数

（介呂）「只只見浩浩渺渺不不分分天天白白茫茫」

（介呂）聽平沙落鴈呼遠水孤帆出。這其中。正
誰是主有多少過客征夫。
洞庭歸客傷心處。趕不上斜陽渡。」

趕不上斜陽渡句佳（藏評）

（呂作醉介）酒是神仙造。神仙喫。你這一班兒
也知道喫什麼酒。（二客惱介）哎也哎也。可不

二句亦切世情

道俺個醉漢二句佳〔臧評〕

俗叶詞疸切
毒叶東盧切

下半少一句今補足〔臧評〕

道一品官。二品客。到不高如你。我穿的細軟羅㲿。喫的細料茶食。用的細絲錁錠。似你這般。不看你喫的。看你穿的哩。希泥希爛的。醒眼看醉漢。你醉漢不堪扶。〔呂笑介〕

〔石榴花〕俺也不和他評高下。說精粗。道俺個醉漢不堪扶。偏你那（怎知）看醉人的醒眼不模糊。則怕你村沙勢。比俺更俗。橫死眼。比俺更毒。〔二客云〕野狐騷道。出口傷人。還不去。還（我和你乍相逢有甚相傷觸就待要扯）不去。扯破他衣服。（俺文不留四半句閒言語怎）〔呂〕為什麼扯斷絲帶。抓破衣服。罵俺作頑涎騷道野狐徒。

〔客〕好笑好笑。便那葫蘆中。那討些子藥物。都是燒酒氣。

下三曲並刪〔藏評〕

明說出四字下文瞻試財也驕宴氣也極慾酒色也

把全傳關目一齊映起大勢緊湊

〔鬭鵪鶉〕〔呂〕你笑他盛酒的葫蘆須有些不着緊〔客云〕的信物硬擎着你七尺之軀。俺老先生看汝。唔。看什麽子。無過是酒色財氣。人之本等哩〔呂〕你說是人之本等則見使酒的爛了脊肚。〔客云〕氣呢〔呂〕使氣的腆破胸脯。〔客云〕財呢〔呂〕急財的守着家兒。〔客云〕色呢〔呂〕急色的守着院主。

〔上小樓〕〔呂〕這四般兒非親者故。四般兒爲人造畜。〔客云〕難道人有了君臣纔是富貴有兒女家小纔快活都是酒色財氣上來的怎生住得〔呂〕你道是對面君臣一胞兒女。帖肉妻夫則

陰陽晝夜

結句有包含

那一口氣不遂了心來處來去從何處去俺贊你愁俺替你想敢四般兒那時纔住。

客一會了先生一些陰陽晝夜不知呂笑介你可知麼

么」問你箇如何是畢月烏。客云月黑。了就是呂如何是房日兎。客想介醉了房兒裡吐去呂你道如何是三更之午十月之餘一刻之初。客聽他什麼。只嚁酒。呂笑介問着呵則是一班兒嘴禿速難道偏則我出家人有五行攢聚。」

兩曲合一一採
末一句足上

【臧評】
粉紅丹為紅
粉墻張本
枕窟為八變
地步

甘單

衆瞧介包兒裡是箇磁尾枕。打碎他的。呂
怎碎的他呵。客是什麼生料。碎不的他。

白鶴子 呂 是黃婆土築。丁基。放在偃月爐。封固的是七般泥。「用坎離爲藥物。」

客「怎生
下火

么 呂 扇風囊。隨鼓鑄。磁永料。寫流珠。燒的那粉紅。丹色樣殊。全不見枕根頭。」一線兒絲痕路。怎容他

客笑介 枕兒兩頭大窟
籠。敢是害頭風出氣的。

么 呂 這是按八風。開地戶。憑二曜。透天樞。客 到
空空

[illegible]蘇部切

令人不可曉
語出二家字

的亮。〔呂〕有甚的空籠樣。枕江山。早則是連環套。通心脯。

列位都來盹上一會麼。〔客〕寡漢睡的。〔呂〕笑介到不寡哩。

〔么〕半四兒承姹女。並枕的好妻夫。〔客〕有甚好處。〔呂〕好消息在其中。但枕着都有個回心處。

〔客〕難道有這話。我們再也不信。〔呂〕此處無緣。列位看官們請了。

〔快活三〕不是俺袖青蛇。膽氣粗。則是俺憑長嘯海天孤。則俺朗吟飛過洞庭湖。度的是有緣人。

人何處。［下］

［衆笑介］那先生被我們囉唣的去了。我們也去罷。相逢不飲空歸去。洞口桃花也笑人。［衆下］［吕上］好笑好笑。一個大岳陽樓無人可度。只索望西北方迤逗而去。

二曲並删［臧評］

［鮑老兒］這是你自來的辛苦。一口氣許了師父。少不得逢人問渡遇主尋塗。是不是。口邊着道詞。一路的做鬼粧狐。

呀。一道清氣貫於燕之南。趙之北。不免换轉雲頭。順風而去。

［滿庭芳］非關我妄言禍福。怎頭直上。非烟非霧。

此曲第二句作者多刻不謂臨川忽然
〔藏評〕單嘲去声

脚踏下非楚非吳。眼抹裡這非赤也非烏。莫不是青牛氣函關直豎。莫不是蜃樓氣東海横鋪。没羅鏡分金揹度。打向假隨方認取。呀。却原來是近清河邯鄲全趙那邊隅。」

仔細看來。是邯鄲地方。此中怎得有神仙氣候也。

〔要孩兒〕「史記上單注着」會歌舞邯鄲女。俺則道（俺則道有的是）幾千年出不的箇閬相如。却怎生祥雲氣。單定（神仙伴侶）不尋俗。滿塵埃他別様通疎。知他蘆花明月人

橛音掘

總評　盧生云夢以夢醒之為盧則渴矣呂公之醒以醒夢之君以為何如

【前腔】何處（安在）流水高山客有無。俺到那有權術（仔細的樓頭覷）偷鞭影。看他驢橛下。探竿識得龍魚。

【尾聲】（只為）欠一箇蓬萊洞掃花人。（山掃地仙因此上）走一片邯鄲城尋地主。（若不）但是有緣人。俺盡把神仙許。（怎許他做問）則這熱心見。普天下（誰知回道人是）遇着他都姓呂。

一駕祥雲下玉京　臨凡覓度掃花人
大抵乾坤多一照　免教人在暗中行

第三折　入夢

〔丑上〕北地秋深帶早寒。白頭祖籍住邯鄲。開張村務黃粱飯。是客都談處世難。小子在這趙州橋北。開一箇小小飯店。這店店前店後田庄。半是這范陽鎮盧家的。他家往來歇脚在我店中。也有遠方客商來此打火。目今點心時分。看有甚人來。〔呂背褡袱笑上〕一粒粟中藏世界。半升鐺裏煮乾坤。貧道打從岳陽樓上。望見一縷青氣。竟接邯鄲。迤逗尋來。原來此氣落在邯鄲縣趙州橋西。盧生之宅。貧道卽從人中。觀見盧生相貌清奇古怪。眞有半仙之分。便待引見而度之。則爲此人沉障久深。心神難定。因他學成文武之藝。未得售於帝王之家。以此落落。其人悶悶而已。此非口舌所能動也。〔想介〕則除是如此如此如此。纔有箇醒發之處。俺先到店窩兒候他也。

驀音麥

擔平声

町音汀

疃湯短切

甘畢

〔瑣南枝〕青蛇氣。碧玉袍。按下了雲頭離碧霄。驀過趙州橋。蹬上這邯鄲道。〔内雞鳴犬吠介〕〔呂〕好一座村庄。犬吠雞鳴。頗堪消遣。〔丑見介〕容官請坐。〔呂〕俺把擔囊放塵榻高。比那岳陽樓近多少。〔丑〕道丈何來。〔呂〕我乃同道人。借坐一會。〔背介〕那人騎一匹青驢駒來也。〔嘿訣介〕那驢兒雞兒犬兒和那塵世中一班人物。但是精靈合用的。都要依吾法旨聽用。不得有違。吡。

〔前腔〕〔生短裘鞭驢上〕風吹帽。裘敝貂。短禿促青驢鞴斷〔了〕稍。〔丑〕盧大官人〔生〕町疃裡一週遭。〔那〕轆軸畔誰相叫。

當去声

道人述一篇岳陽樓記唐時仙人亦喜讀宋文鑑耶〔臧評〕

悲樂二字有關鎖

原來邸舍中主人我且坐一會去驢繫這樁橛上喫些草〔丑〕知道了〔生〕見呂介**輕擡手當折腰。但相逢。這面兒好。**〔生〕店主人這位老翁何處。〔丑〕回回國來的。〔生〕老翁容貌不像回回。〔呂〕貧道姓回。從岳陽樓過此。足下高姓。〔生〕小子盧生是也。久聞的箇岳陽樓景致。何如。〔呂〕有岳陽樓記一篇。略表白幾句你聽者。巴陵勝狀。在洞庭一湖。啣遠山。吞長江。浩浩蕩蕩。橫無際涯。朝暉夕陰。氣象萬千。此則岳陽樓之大觀也。北通巫峽。南極瀟湘。仙客騷人。多會於此。覽物之情。得無異乎。若夫霪雨霏霏。連月不開。陰風怒號。濁浪排空。日星隱耀。山岳潛形。商旅不行。檣傾檝摧。薄暮冥冥。虎嘯猿啼。登斯樓也。則有去國懷鄉。憂讒畏譏。滿目蕭然。感極而悲者矣。

至若春和景明，波瀾不驚，上下天光，一碧萬頃。沙鷗翔集，錦鱗游泳，岸芷汀蘭，郁郁青青。而或長烟一空，皓月千里，浮光躍金，靜影沉璧，漁歌互答，此樂何極！登斯樓也，則有心曠神怡，寵辱皆忘，把酒臨風，其喜洋洋者矣。（生）好景致也。老翁記的恁熟，諷誦如流，可到了幾次？（呂）不多，三次了。有詩爲證：朝遊碧落暮蒼梧，袖有青蛇膽氣粗。三過岳陽人不識，朗吟飛過洞庭湖。（生）老翁好吟咏也。則朝遊碧落暮蒼梧，蒼梧在南楚地方，碧落在那裡？（呂）若論碧落路程，眼前便是。（生笑介）老翁哄弄庄家哩。（呂）這等且說今年庄家如何？（生）謝聖人在上，去秋庄家一畝打七石八斗，今歲人整整的打勾了九石九哩。（呂）這等你受用哩。（生笑介）可是受用了。（生忽起介）自看破裘嘆介）大丈夫生世不諧，而窮困如是乎。（呂）觀子

好々根由件件都应

肌膚極腴體胖無恙談諧方暢而嘆窮困者何也。

前腔你身無恙生事饒。旅舍裡相逢如故交。暢好的不救喬。正用歡言笑因何恨。不自聊。嘆孤窮。還待怎生好。

（爾諧談）

生老翁說我談諧得意。吾此苟生耳。何得意之有。呂此而不得意。何等爲得意乎。生大丈夫當建功樹名。出將入相。列鼎而食。選聲而聽。使宗族茂盛。而家用肥饒。然後可以言得意也。

前腔俺呵。身遊藝心計高試青紫。當年如拾毛

（窮薄）（豪覷）

出黃粱蕊枕無痕

你自去煮黃粱待他睡個飽句佳〔臧評〕

到如今呵。俺（整）三十算齊頭（受牢騾）。尚走這田間道。老翁

有何暢叫。俺心自聊（焦）。你道俺未稱寵。還待怎生

好。

〔生作㾀介〕我一時困倦起來了。〔丑〕想是饑乏了。小人炊黃粱為君一飯。〔生〕待我榻上打箇盹。〔睡介〕少箇枕兒。〔呂〕盧生盧生。你待要一生得意。我解囊中贈君一枕。〔開囊取枕與生介〕

贈君一枕高眠竟這便是

〔尾聲〕看你困中人。無智把精神倒。你枕此枕呵。敢着你萬事如期意氣高（得意朝）。店主人你自去煮黃粱。要（待）他美甘甘清（睡）箇飽。

未夢此時看枕甚明

矇瞪音盲縢

將蒙此時半開半眯　斜叶胡家切

呂下生作睡不穩介看枕介

懶画眉 這枕呵不是藤穿刺繡錦編牙。好剔是 又沒甚

玉切香雕體勢佳。呀原來是磁州燒出的瑩無

瑕。却怎生兩頭漏出通明罅。抹眼介 莫不是睡起

矇瞪眼挫花

瞧介有光透着房子裡可是日光所映。

前腔 則這半間茅屋甚光華。敢則是落日橫穿

一線斜 元來是孔兒中透出那些子 須不是俺神光錯摸眼麻查。瞧着。起介 待我起來

郎上

初夢身入枕中不復知有枕矣不是枕據中另有壺天只因自身边帶有天地 翁眼

[轉向嗄]呀。緣何即留即漸的光明大。待俺跳[門驚介]入壺中細看他。

[做跳入枕中枕落生去轉行介]呀。怎生有這一條齊整的官道。[行介]好座紅粉高墻

[朝天子]一徑香風軟碧沙。粉墻低。轉處有人家。

門開在這裡。待我驀將進去。[只見金釘朱戶式豪奢。問銅環呀的轉簷牙]滿庭花。

重重簾幙鎖烟霞。甚公矦貴衙。甚公矦貴衙。

門簾以內深院大宅了。門兒外瞧着。前面太湖石山子。堂上古畫。古琴。寶鼎。銅雀。碧珊瑚。紅地衣。

删去其曲（臧評）

夢境極是

此四曲刪者其二（臧評）

〔前腔〕堂院清幽擺設的佳。似有人。朱戶裡小窻紗。〔內叫介〕什麼閑人行走。快拿快拿。〔生慌介〕急迴廊怕的惹波查。〔內叫介〕掩上門。快拿快拿。〔生慌介〕怎生好。門又閉了。且喜旁邊有芙蓉一架。可以躲藏。省喧譁。如魚失水旱蓮花。且低回自家。且低回自家。

〔老旦叫拿介上〕那人何處也。小姐早上。

〔不是路〕〔旦引貼上〕浪裏空花。陌上香魂不住家。仙靈化。差排門戶粉胭搽。〔旦〕奴家清河崔氏之女是也。這兩箇。一箇是老嫣。一

阝阝上 十四

應平声

人以為窮酸自以為舊家夢與真也

〔甘單〕箇是梅香。任這深院重門。未有夫影交加。（快行拿）那君。誰到簾櫳之下。走藏何處也。〔老〕人叫多應縣在芙蓉架。〔叫介〕那漢子還不出來。拿去官司（送到）打折了他。（整治）〔生作怕慌上介〕休耍拿。小生在此。〔老〕甚麼寒酸。還不低頭。〔捉生低頭跪介〕〔老〕俺這朱門下。窮酸倖的無高下。敢來行踏。敢來行踏。

〔旦〕問漢子何方人氏。姓甚名誰。

〔前腔〕〔生〕黃巷生涯。盧姓山東。也是舊家。閒停踏（遊耍）偶然迷悞到尊衙。〔旦〕家中有甚麼人。〔生〕自嗟呀也無妻小

删曲（臧評）

删曲（臧評）

反誣男子

撾音查

無爹媽。長則是向孤燈守歲華。（老）你沒有妻子在這裡狗頭狗惱。（生）小生怎敢。「須詳察。書生老實知刑法。敢行調達。

敢行調達。」

（旦）教那漢子抬頭。（生）不敢。（老）小姐恕你抬頭。（生）瞧介原來是小女郎。（老）咄。

【前腔】（旦）「俺世代榮華。不是尋常百姓家。你行奸詐。無端窺竊上陽花。（生）不敢。（旦）梅香和俺快行拿。（貼）沒有索子。（旦）鞦韆索子上高懸掛。（貼）沒甚麼行杖。（旦）撾杖鼓的鞭兒。和俺着實的撾。」

伴

不如此不是夢了

許多寒酸皆因嘆因窮來心先自怯夢中尚如此

此下介白曲俱刪〔藏評〕

單

〔生〕苦也苦也〔老〕要饒麼〔生〕可知道要饒。〔老〕這等漢子叩頭告饒。〔旦〕非奸即盜。天條一些去不的。老媽媽。則問他私休。官休。私休不許他家去。收他在俺門下成其夫妻。官休。送他清河縣去。〔老〕對生〔介〕替你告饒了。小姐分付官休私休。私休。不許你家去收留你在這裡與小姐成其夫妻。官休。送你清河縣去。〔生〕情愿私休。〔老〕一讓一箇肯。〔回介〕稟小姐秀才情愿私休。〔旦〕這等恕他起來。〔老〕小姐放你起來。〔生〕起笑旦看羞〔介〕老媽媽快下了簾兒。俺好看他

上不酸寒煞。你引他去迴廊洗浴更衣罷再來回話再來回話。

他真儒雅相如逞着文君寡

〔老〕秀才。小姐分付。迴廊外香水堂洗澡去。〔生〕笑〔介〕奶不措人。既在矮簷下。怎敢不低頭。〔下〕

好介內才怎的

據末二句是上曲【臧評】

反要女子見憐亦可憐矣從貧窮得富貴所以動人

【前腔】【老引】【生上】這香水渾家。把俺滌瓜修眉刷淨了牙。【老】便道是你渾家。還早哩。相抬刮。這堦前跪下手兒叉【生】拱立【老】回話介稟小姐那漢子洗浴更衣了【旦】那人怎麽【老】儘風華。衣冠濟楚多文雅。【旦】低問介【內】才怎的。【老】低笑介便是那話兒郎當你可也逗着他。【旦】笑介休胡哈【梅香捲簾。【貼】捲簾介【旦】俺盈盈暮雨。快把這湘簾掛。【生】跪【旦】扶起介男兒膝下。男兒膝下。

【旦】盧生盧生。奴家憐君之貧。收留你為伴。無媒奈何。【老】老身當媒。佳期休悞【內】鼓樂老贊

甘單

拜介貼新人新郎進

合歡之酒。旦把酒介

二曲删去（臧評）

賀新郎「羞殺兒家。早蓮腮。映來杯斝。驟生春。滿堂如画。人瀟洒爲甚麽。閑步天台看晚霞。拾的箇阮郎門下。低低笑。輕輕哈逗着文君寡。合雲雨事。休驚怕」

逗音豆

前腔 生「三十無家。邯鄲縣。偶然存劄。坐酸寒。衣衫藞苴。粧聾啞。誰承望顛倒英雄在絳紗。無財帛。單鎗入馬。能粗細知高下你穩着心兒把 合前

佳句

二曲祠韻俱佳

曲末二句皆佳（臧評）

嗟叶茲牙切

【老旦】好夫妻進洞房花燭【行介】

【節節高】崔盧舊世家。兩韶華。偶逢狹路通情話。

相勾搭沒猴嗟非消乏

教洗刮沒爭差。無喇塌帽兒抹的光光作。燈兒照的嬌嬌姹。崔家原有舊根牙。盧郎也不年高大。

【前腔】天河犯客槎。猛擒拿。無媒織女容招嫁。休

縈　莫歎嗟　歡

計掛。沒嗟呀。多喜洽。檀郎蘸眼驚紅作。美人帶笑吹銀蠟。今宵同睡碧紗窗。明朝看取香羅帕。

搨湯打切

倀昌去声

妙

令夜不須磁作枕盧郎猶帶夢中來耶

[臧評]

[尾聲]果然是春無價。盼暮(爲)雨爲雲初下榻。[旦]盧郎呵。這是俺和你五百歲因緣到了家。

偶然高築望夫臺　倀倀書生走入來

令夜不須磁作枕　輕抽玉臂枕郎腮

第四折　招賢

[霜天曉角][外]扮蕭嵩美髯上　江南雲樹。冷落青門庶。萋萋芳艸似憐予。有路長安怎去。

[集唐]千秋萬古共平原。生事蕭條空掩門。試問酒旗歌板地。有誰傾蓋待王孫。小生蘭陵

字一忠為花押張本。褒章人頗重門第，故臨川作傳奇，如蕭嵩裴光庭字文融，並述先世為詳（臧評）

詔字改辟字，声韻既叶，辞義亦佳

蕭嵩字一忠是也。梁武帝蕭衍之苗裔，宋國公蕭瑀之曾孫。只因岸谷遷移，滄桑變改。文武之道頓盡，琴書之興猶存。且是美于鬚髯，儀容偉麗。有人相我爵壽雙高。這不在話下了。有箇異姓兄弟，叫做裴光庭，乃金牙大總管封聞喜縣公裴行儉之晚子，兼是當朝武三思之女壻。古今典故，深所請知。但此弟長有一點妒心，也是他平生毛病。幾月不見，想待到來。

【前腔】（末扮裴光庭袖詔旨上）「凌雲詞賦」插架奇書。將相吾門戶。袖中天子詔（辟）賢書。瞞着蕭郎前赴。自家裴光庭是也。從來飽學未遇，幸逢黃榜招賢。自揣可中狀元，則怕蕭兄奪取，心生一

今日詔書瞞
貢士即放榜
後亦不知也

計。將這紙黃榜。袖下了。不等他知一徑辭他前去。見介〔外〕兄弟。我近來情懷耿耿有失欵迎。〔末〕你兄弟心事匆匆。特來告別。〔外〕呀。有何緊急至此。〔末〕天大事。都可說與仁兄。只這些是小弟機密事。不敢告聞。請了。〔外〕賢弟。袖中簌簌之聲。何物也。〔末〕沒有甚的。〔外扯看介〕是黃紙。〔末笑介〕是本疏頭。〔外扯看介〕奉天承運皇帝詔曰。天下文士。可於本年三月中旬赴京殿試。朕親點取。無遲。呀。原來一紙招賢詔書。爲何賢弟袖着。〔末〕實不瞞兄。此榜文。御史臺行下本學。學裡先生。把與愚弟看。愚弟想來。別的罷了。仁兄才學蓋世。聽的黃榜招賢定然要去。因此悄悄的袖了這詔書。瞞兄往京。單與小弟名字銷繳了。〔外笑介〕可有此話秀才無數。何在我一人。

玉叶手句切

好

一缘二命句亦佳（臧評）

討得他賣弄

〔皂羅袍〕（末）提起書生無數，俺三言兩句，壓倒其餘。那蒼生一郡眼無珠，則你春風八面人如玉。哥你兄弟才學，要中頭名狀元，你去之時，把我綁卞第二了。（外笑介）原來如此。（末）嫦娥所愛無過兩儒，將來並比端然一輪，因此上裴航要問任你蕭郎路。

〔前腔〕（外）不道狀元難事（遇），但一緣二命未委何如。你把招賢榜作寄私書，遮天袖掩賢門路。別的罷了。賢弟在場屋中，我筆尖可以饒讓些，俺把筆花高吐，你眞難展

曲單

舒。俺把筆尖低舉。隨君掃除。便金階對策。也好商量做。

〔末〕這等多承了。店中飲一杯狀元紅去。

〔尾聲〕〔外〕「狀元紅吸不盡兩單壺俺和你雙雙出馬長安路。兄弟呵則這些時。把月宮花談笑取。」

王孫公子不豪奢。　雪案螢窗總守歲華。

但是學成文武藝。　都堪貨與帝王家。

第五折　贈試

懶妝成句佳〔臧評〕

詞好〔臧評〕

〔遶地遊〕〔旦上〕偶然心上做盡風流樣。懶粧成，又偎人半晌。〔老貼笑上〕營勾了腰肢，通籠繡帳，聽得來愁人夜長。

〔醜奴兒〕〔旦〕紅圍粉簇清幽路，那得人遊。〔老〕天與風流，有客窺簾動玉鈎。〔貼〕探香覓翠芙蓉架，官了私休。〔合〕此處人留，蝶夢迷花正起頭。

郎。〔老〕姐姐天上吊下一箇盧郎。〔貼〕不是吊下盧郎，是箇驢郎。〔旦〕蠢丫頭說出本相。思想起我家七輩無白衣女婿，要打發他應舉，你道如何。〔老〕好哩，姐夫得官回，你做夫人了。

〔卜算子〕〔生上〕長宵清話長，廣被風情廣，似笑如顰在画堂。費盡佳人想。

〔見介〕〔旦〕〔集唐〕盧郎。你不羨名公樂此身。〔生〕這風光別似武陵春。〔旦〕百花仙醞能留客。〔生〕一面紅粧惱殺人。〔旦〕盧郎。自招你在此成了夫婦。和你朝歡暮樂。百縱千隨。眞人間得意之事也。但我家七輩無白衣女壻。你功名之興却是何如。〔生〕不欺娘姐說。小生書史雖然得讀。儒冠悮了多年。今日天緣。現成受用。功名二字。再也休題。〔旦〕咳。秀才家好說這話。且問你會過幾塲來。

妙人妙人

〔朱奴兒〕〔生〕我也忘記起春秋幾塲。則翰林院不登文章。沒氣力。頭白功名紙半張。直那等豪門

此曲頗中時弊語亦佳〔藏評〕

拜門生今日之終南也必要家兄引進所以難耳

貴黨。【合】高名望。時來運當。平白地爲卿相。
【旦】說豪門貴黨。也怪不得他。則你交游不多。才名未廣。以致淹遲。奴家四門親戚。多在要津。你去長安。都須拜在門下。【生】領教了。【旦】還一件來。公門要路。能勾容易近他。奴家再着一家兄相幫引進。取狀元如反掌耳。
【生】令兄有這樣行止。【旦】從來如此了。
【前腔】【旦】有家兄。打圓就方。非奴家數白論黃。少了他呵紫閣金門路渺茫。上天梯有了他氣長。【合前】
【生】這等小生到不曾拜得令兄。【旦】你道家兄是誰。家兄者錢也。奴家所有金錢儘你前途賄賂。【生笑介】原來如此。感謝娘子厚意。聽的黃榜招賢。盡把所贈金資。引動朝貴。則小生

妙人妙語

騅音追

好

之文字字珠玉矣。[旦]正當如此。梅香取酒送行。

[鴈來紅][介][送酒]覓金盞。瀉杜康。緊班騅。送陸郎。他無言覷定把杯兒倘再四重斟上。怕濕羅衫這淚幾行[合]凝眸望開科這塲但泥金早傳唱。

[前腔][生]葫蘆提田舍郎仗嬌妻有志綱。贈家兄送上黃金榜握手輕難放少別成名恩愛長。[合][前]

錦衣魁日還鄉党

[尾聲][介][拜]指定衣錦還鄉似阮郎[此去呵]走章臺再休似以前胡撞俺留着這一對畵不了的愁眉

摠評
此折大感慨
矣然亦可助
吾黨一爵

車昌茶切

射音亦

待張敞。

開元天子重賢才　開元通寶是錢財

若道文章空[真]使得　狀元曾值幾文來

第六折　奪元

夜行船（淨扮宇文融上）宇文後魏酉支派。猶餘霸氣。遭逢聖代。號令三臺。權衡十宰。又領着文場氣槩。

（唐集）猶得三朝托後車。晉將雷雨發萌芽。中原駿馬搜求盡。誰道門生隔絳紗。下官乃唐朝左僕射。兼檢括天下租庸使宇文融是也。性喜奸讒。材能進奉。日昨黃榜招賢。聖人可

異代君臣，管我不着，此臨川諧語也。〔臧評〕

迎合朝廷取媚权贵

憐見着下官看卷進呈，思想一生專以迎合朝廷取媚權貴。卷子中間，有箇蘭陵蕭嵩奇才奇才。雖是梁武帝之後，異代君臣，管我不着。又有箇聞喜裴光庭，正是前宰相裴行儉之子，武三思之壻，才品次此。我要取他做箇頭名，蕭嵩第二，早已進呈，未知聖意若何。早晚近侍到來，可以漏洩聖意。左右門外伺候。

【粉蝶兒】〔老旦扮高力士上〕綠滿宮槐，隨意到棘圍簾外。

〔丑〕報介：司禮監高公公到門。〔淨〕慌走接介。〔淨〕早知老公公俯臨，下官禮合遠接。〔老〕老先生過謙了。日下看卷費神思哩。〔淨〕正要修一客啟稟問老公公，未知御意進呈第一可點了誰。〔老〕有點了。〔淨〕是裴光庭麽。〔老〕還早。〔淨〕是蕭嵩。〔老〕再報來。〔淨〕後面姓名，下官都不記懷了。〔老〕

篆釵上声

可咲

可知道。

〔一封書〕都經御覽裁看。上了山東盧秀才。〔淨〕想。〔介〕山東、盧秀才。〔老〕知他甚手策動龍顏。含笑孩。老、〔淨〕名喚盧生、公公看、見當、真點了他。〔老〕親看御筆題紅在御前宮袍賜綠來。〔合〕御筵排榜花開也是他際會風雲直上台。

〔淨〕奇哉奇哉。這等裴蕭二人第幾。〔老〕蕭第二。裴第三。

〔前腔〕〔介〕〔淨背〕卷首定蕭裴。怎到的寒盧那狗才。〔同〕〔介〕

郎郎上 二十三

本監也見他句妙絕〔臧評〕

妙

拍叶鋪貫切

此尾可省以語佳留之〔臧評〕

是他命運該遇重瞳着眼撞。〔老〕老先不知也非。萬歲爺一人主裁。

他與滿朝勳貴相知都保他文才第一便是。本監也看見他字字端楷哩〔老〕可知道了。

他書中有路能分拍則道俺眼內無珠做總裁

〔合前〕

〔老〕告別了明月老先陪宴。

〔尾聲〕杏園紅你知貢舉的須陪待。〔淨〕還要請老。公公主席纔是。〔老〕〔笑介〕我帶上了穿宮入殿腰牌則助的你外「面的官兒」御道上簪花那一聲采。〔下〕

吊場數語甚得做法（減評）讀此為世態人情發一大慨

〔宇文吊場〕可笑可笑、咱看定了狀元。誰想那盧生。以鑽刺搶去了。偏不鑽。刺於我。

如此朝綱把握難　不容怒髮不衝冠

則這黃金買身貴　不用文章中試官

第七折　驕宴

〔丑扮廚役頭巾插花上〕小子光祿寺廚役。三百名中第一。刀砧使得精細作料下得穩實。饅頭摩的光泛。線麵打得條直。千層起的潑鬆。八珍配得整飭。何止五肉七菜。無非喫一看十。喫了的眠思夢想。但看的。都垂涎咽饐。休道三閣下堂食。便是六宮中。也是我小子尚食。這開元皇帝最喜我蔥花灌腸。太真娘娘喜我椒風扁食。止因御湯裡。抓下箇虱子。

被堂上官。打下小子華役。虧的過房外甥子營救。依舊更名上直。〔內〕問〔介〕外甥子誰。〔丑〕是當今第一名小唱。在高公公名下秉筆。秉筆。〔丑〕你問我今日爲何頭上插花。來做新進士瓊林宴席。「前路是半實半空。菜果。後面是帶熟帶生品食。哪裏有壽祭牛肉。那裏討宣州大栗。一碟。菜五六根。黃齏半。瓶酒。三兩盞醋。商官。廚。飯一。兩匙。兒邊。防放着些。半夏法製〔內〕問〔介〕爲甚來〔丑〕你不知。秀才們一節節飽痲。難醫。待與他燥些。脾胃說便說了」今日天開文運。新狀元賜宴曲江池。聖旨就着考試官宰文老爺陪宴。前面頭踏早來也。

〔謁金門前〕〔淨〕〔上〕風雲定。恩賜御筵華盛。我也曾喫紅綾春宴餅。年華堪自省。

我宇文融今日曲江陪宴。可柰新科狀元乃是落後之卷。相見好沒意兒。後生意氣。且自趨奉他一一。叫光祿寺祗候人。筵宴可齊。（丑）叩頭（介）都齊了。只有教坊司未到。（旦眾上）折桂𡑞中開院本。插花筵上喚官身。稟老爺女妓叩頭。（淨）報名來。（貼）奴家珠簾秀。（旦）奴家花嬌秀。（老旦）我叫做鍋邊秀。（淨）怎生這般一箇名字。（丑）小的知他命名的意兒。妓女們琵琶過手曲過喫家常飯到只伸掌。只這名叫做鍋邊秀。便是小的光祿寺厨役竈下養。（淨）原來是箇火頭哩。（丑）着了。來和老爺退火。（淨）唗。狀元已到。妓女們遠遠迎接。

【謁金門後】（生外末引隊子上）走馬御街遊。趁鴈塔標題名姓。（旦眾接介）教坊司女妓們迎接勞動你多狀元。（生眾笑介）起來起來。（生）

箇箇趍奉是字文本心

生外末應對甚得体（臧評）

此句便有刀劍

峥嵘下平仄不調便難度曲今改正（臧評）

甘單

嬌來直應逮花鶯燕請。

〔淨迎介〕列位狀元請進。〔拜介〕應圖求駿馬驚代得麒麟白日來深殿青雲滿後塵〔淨〕恭喜三公才高及第老夫不勝榮仰〔生〕叨蒙聖恩〔外末〕皆老師相進呈之力〔淨〕御賜曲江喜筵真盛事也〔生〕敢問往年直宴止是幾個老倒樂工今日何當妙選〔淨〕今日狀元乃聖天子欽取以此加意而來〔生〕原來如此〔淨〕看酒〔丑〕花開上林苑酒對曲江池

〔降黃龍〕〔淨送酒介〕天上文星唱好是金殿雲程玉堂風景皇封御酒珖筵中如醉日邊紅杏〔生〕崢嶸有何牙夆想像平生這一舉成名天幸〔外末〕捹歡娛酒淹衫

極寫趨奉之態

狀元詩以此致宰相不協齮齕終身甚切時弊然亦是臨川技癢【臧評】

袖帽斜花勝。

【前腔】【旦眾】難明。天若無情。怎折桂人來。嫦娥偷〔送〕影。人間清典。是紅裙。怎不把綠衣郎〔欽〕敬。低聲。我待侍枕銀屏。迤逗的狀元紅並。但留名平康到處也堪題咏。

【淨】狀元。這妮子要請狀元。老夫為媒。【生】笑【介】【淨】官妓。狀元。處乞。珠玉。【生】使得。題向那裡。【貼】奴家有箇紅汗巾兒在此。【生】題詩【介】【淨】表白【介】香飄醉墨粉紅催。天子門生帶笑來。自是玉皇親判與。嫦娥不用老官媒。【眾】狀元。好染作也。【淨】則就中語句。有些奚落老夫哩。【外】盧

二曲起句各疊一句纔是【臧評】

下文有偷寫官誥此先伏知制誥

年兄未必有此。

【末】官妓再看酒

【黃龍滾】同登學士瀛、、、、、滿把瓊漿領。是虎爲龍。都是風雲慶。爲誰奚落。爲誰僥幸。遶鴈塔。共題名。瞻清景。

【扮報子上】報報報盧爺奉聖旨欽除翰林學士兼知制誥。蕭爺裴爺俱翰林院編修着敎坊司送歸本院。【淨】恭喜了。

【前腔】詩題翰墨清鐙撒雕鞍逞。鳳燰笙歌。笑語朱簾映。生成濟楚昂然端正。便立在鳳樓前人

趨奉人者必能讒人

揔評

時事不堪正欲高卧不道夢中原有這等人

傷時之論［臧評］

索稱。［生外末揖］［上馬介］躍。雕鞍帰共沙堤就看帽簷高接

［淨］三公呵御樓高接着帽簷平。襯靴尖走

［尾聲］御樓平。、、、、、、、、、

上頭廳也不枉了你誤春雷。十年總下等。

［衆下淨吊場笑介］好笑好笑世。間乃有盧生

中了狀元為因不出我門下談容高傲。我好

取奉他嫦娥有意老夫可以為媒乞其珠玉。

他題詩第二句天。子門生帶笑來。明說不是

我家門生這。也罷了第四句。嫦娥不用老官

媒。呵呵。有這般一箇老官媒。不用麼。待我想

一計打發他他。如今新除中了聖意。權待他

知制誥。有些破綻之時。尋箇題目處置他。

書生白面好輕人。　只道文章穩立身。

直待朝中難站立　始知世上有權臣

第八折　虜動

【北點絳脣】（淨末扮番將粉相上）沙塞莎莎。天山直上。三千丈龍虎班行。出將還番相。

（悉吾乃吐番丞相悉那羅是也。莽吾乃吐番大將熱龍莽是也。贊普升帳在此伺候。）

【前腔】（外扮番王引衆上）白草黃羊。千廬萬帳歸吾掌。氣不降唐穩坐在泥金炕。

（見介）青海灣西駕駱駝、白蘭山外雪風多。一枝金箭催兵馬。占斷兒家綠玉河。自家吐番

白亦甚典

中二句甚不合調以起兵時衆合唱始用之【臧評】

贊普是也。我國始祖禿髮烏孫，曾爲南凉皇帝。家母金城公主，本作西番贊婆。種類煩昌，部落強盛，與唐朝原以金鵝爲誓。奈邊將長以鐵騎相加。正待宣你兩人，商量起兵一事。【末淨】我國東接松凉，西連河鄯，南吞婆羅，北抵突厥。勝兵十萬，壯馬千羣。【末】臣那邏調度國中，【淨】臣龍莽攻畧境外。逢城則取，遇將而擒。唐朝不足慮也。【外】進兵何地爲先。【末】先取河西，後圖隴右。【外】這等就着龍莽將軍徑取瓜沙，丞相從後策應。衆把都們聽令而行。【衆】【應】【介】

【清江引】普天西，出落的番回將。大將熱龍莽番鼓兒緊緊幫，番鐃的點點當，汗呼呼海螺螄吹

羌音匡

的響、

【前腔】倒天山。靠定了那暹相。就裡機謀廣。令旗兒打着羌。刀尖兒點着唐。「錦繡樣江山做一會（直打進玉門關做一）子搶。」（片嚷）

十萬生兵不可當、　剗騎單馬射黃羊、
陰山一片紅塵起、　先取涼州作戰場、

第九折　外補

【七娘子】【旦引】【貼上】狀元郎。拜滿了三年限。猛思量。那

詞六隹（臧評）

小樓外幾曾拋眼愁和悶被東風吹上眉山詩餘語以入曲則落

目雕鞍。又早春風一半。展粧臺獨自撚花枝嘆

【好事近】無路入天門。買斷金錢誰詫。【貼】逗得翰林人去送等閑花。凡【旦】夢回鴛枕翠生寒。始悔前輕別。【貼】一種崔徽情緒。為斷鴻愁絕。【旦】梅香。我家深居獨院。天賜一位夫君歡心正濃。忽動功名之興。我將家資。打發他上京取應。一口氣得中頭名狀元。果中奴之願矣。只為聖恩留他單掌制誥。三年之外。方許還鄉。奴家相思好不苦呵。

【針線箱】沒「意中成就嬌」（揣的幽期密）歡。儘意底團坐弄盞。問章臺人去也如天遠。小樓外幾曾拋眼。早則是一簾粉絮鶯梢斷。十里紅香燕語殘。纔凝盼。閑

第二象為太文也〔臧評〕

崔家正在清河郡句佳〔臧評〕

偷寫誥敕瞞着聖上私回是妙手摹盈夢境處

【甘州】愁悶悶被東風吹上眉山。〔丑扮報子上〕報報報狀元到〔下〕〔旦〕驚喜介兒夫錦旋。快安排酒筵

【望吾鄉】〔生引隊子上〕翠蓋紅茵。香風染細塵。花枝笑插宜春鬢。驕驄上路人偏俊。盼望吾鄉近。揮鞭緊。問路頻崔家正在這清河郡。

〔見介〕〔旦〕盧郎榮歸了。〔生〕夫人喜也。一鞭紅雨促歸程。〔旦〕不忿朝來喜鵲聲。〔生〕官誥五花叨聖寵。〔旦〕名揚四海動奴情。〔旦〕問得你中了狀元。留你中書三年掌制誥。因何便得錦旋〔生〕你不知。小生因掌制誥。偷寫下了夫人誥命一通。混在眾人誥命內。朦朧進呈。僥倖聖旨

再挺奪元因由妙甚

險此第二了

諧語絕佳〔藏評〕

此曲居後〔藏評〕

暗裡繇鞭打着人夫婿誰家第一人用二人字俱佳〔藏評〕

此曲居前〔藏評〕

盧泠文章崔

都准行了。小生星夜就手捧着五花封誥送上賢妻。瞞過了聖上來也。〔旦〕費心了。盧郎。你因何得中了頭名狀元。〔生〕多謝賢卿將金貲廣交朝貴。諫動了君王。在落卷中番出做節第一。〔旦〕哎也。險些第二了。

【玉芙蓉】〔生〕文章一色新。要得君王認。揷宮花酒生袍袖春雲。「春（紅）風馬（十里）上有」珠簾問。這夫壻〔是〕誰家第一人。你夫人分有花冠告身。「記當初」伴題橋棒硯。虧殺卓文君。

〔前腔〕〔旦〕你天生巧步雲。早得嫦娥近。乍相逢門

歸功自己正宜如此咸易其前後何也行夫運夫人今皆以本色語叶韻元人長技大率如此〔臧評〕為老婆出了翰林也罷了况翰林原是老婆賜的

卅單兒掩着成親。秋波得似掩花前俊。暗裡絲鞭打着人俺行夫運。夫人縣君。只這些時。為恩夫。長是翠眉顰。

〔內〕報報報差官到。〔淨扮官上〕東邊跪的去。西頭走得來。常差官見〔見介〕稟老爺。蹺蹊了。原來老爺朦朧取旨。馳驛而回。被宇文老爺看破了。奏上。聖旨寬恩免究。此去華陰山外東京路上有座陝州城。運道二百八十里。石路不通。聖旨就着老爺去做知州之職。鑿石開河欽限走馬到任不許停留〔生旦〕有這等事。快備夫馬。夫妻們鄭州去也。

為認門生惹下奸臣恨

〔尾聲〕則道「咱書生祿米幾粒太倉陳。」要平白地

余以盧生外補因由夫人豈可不問特為增入燕于尾声覺有線索（臧評）

總評
忽然而歸忽然而出全是夢事

「支管着」河陽運兩人呵也「則索」賣馬香車一路見引。

三載幕登天子堂　一朝衣錦晝還鄉

此尾前減增白　旦問云宇文何仇劾奏你来　生荅云下官從落卷中取不肯認他門下以此反恨

催官後命開河路　食祿前生有地方

第十折　鑿郟

普賢歌（淨扮委官上）陝州城下水波波。運道乾焦石落落。州官來開河工程一月多。點包兒。今朝該到我。

哈五打切

長音掌

些叶西牙切

雜叶孜把切

法叶方雅切

小子麻哈人氏。考中京管識字。偶遇孤通事宜。加納陜州幕職。陜州一條官路。二百八十八里頭石。東京運米西京。費盡人牛脚力。轉撇多有折耗。顛倒剋減顧直。人戶告理難當。上官議開河辟州。裡盧爺詳允。動支無碍工食。工程一月有餘。並不見些兒消滴。小子當掌鈞委。特來點比工役。諸餘作手都可。到是甲頭老賊推呆賣老不來。來時打的他一直

【字字雙】[丑扮甲頭拿紙錢上]我做甲長管十家。十甲。開河人役暗分花點。鬧排門常例有些些。喇穰管工官又要把甲頭搓。没法。

[見介淨惱介]這咱時狗侏子孩兒還不來。伺候。[丑叩頭介]小的不敢。[淨]工程一月有餘。還

紙錢謂語，不悪（藏評）

鍬，粗消切

不。見。你。一。點。水。（丑）不敢哩。水是地下的血。難道小的身上尿。（淨）狗奴。管。水。喫。水。你。推。的。沒。有。（丑）小人有罪。權送一分紙錢。（淨惱介）狗才，紙錢是這紙錢。（丑）這是盧大爺因水道不通，領了衆夫甲。三步一拜，將次到這禹王廟來了。這紙錢是禹王老爺用的。難道老爺用不的。（淨慌介）哎，也。原來大爺行香。這狗才不早通報。快去點香鋪席。

【縷縷金】（生領衆上）山磊磊。石崖崖。鍬、鋤、流、汗、血。工、食、費、民、財。（淨接）（生介）灑掃神王廟。親行禮拜。要他疏通泉眼度船簰。「再把靈官賽」。還當共酬賽〻〻〻〻〻

（淨）香紙齊備。（生）拜介

邛邛　上

此見南柯第六折要按琵琶記如来記明唱法（臧評）

删（臧評）

今開河者大坐此獘

窄叶齋上声

（雙調江兒水）禹王如在。吏民瞻拜。石頭路滑。倒把糧車（兒）礙。要鑿空河道引江淮。合吽山神早開河神早來。國泰民安似海。

（前腔）（介）（衆拜）「長途石塊」轉般難耐。領官錢。上役眞尷尬。偷工買懶。一樣費錢財。（前）（合）

（生）祭完了。分付十家牌。一人管十。十人管百擂鼓儹工。不許懈怠（衆應介）（內鼓外作介）

（桂枝香）（生）則爲（呵）太原倉窄。臨潼關隘。未説到砥柱三門。且掘斷蘆根一帶。看泥沙石髓。看泥沙石髓便陰陽違礙。也無如之柰。好傷懷。〔衆〕這辛苦男女們當得的。〔生〕滴水能消得民間費血財。

〔内〕鼓介衆驚介好了好了。稟老爺東頭水來了。〔生〕喜介真個洞洞的水聲哩

前腔〔衆〕黃河過脉。澠池分派。自從公主河西直引到太陽橋外」看滑滑碧水。看滑滑碧水。此時蒙昧定然滂沛。好開懷。〔生〕還有前山「。歎〇便〇千〇望梅且止

〇年〇運〇非〇為〇百〇姓〇災〇〇〇未鬧哩。〔衆〕三軍渴。逢靖靖權一滴災」

〔衆〕作鍬鑿不動介呀。怎的來下不得銑〔看介〕稟老爺。前面開的山。是土山石皮。這兩座山。

塩蒸醋煮法世傳平江伯所以通呂梁運道者臨川此語亦自有本〔臧評〕

粰音巫

迓

透底石一座喚名雞腳山一座熊耳山。銑他不入的。（生背想介）雞腳山熊耳山麼。昔禹鑿三門。五行並用。（回介）雞腳和熊耳。你道鐵打不入。俺待鹽蒸醋煮了。他（衆笑介）怕沒這等大鍋。（生）不用的鍋。州裡取幾百擔鹽醋來。（衆應下打鹽上介）鹽醋在此。（生）取乾柴百萬束。連燒此山。然後以醋澆之。着以鍬推。自然頑石粉裂而起。後用鹽花投之石都成水。（衆笑介）有這等事。（放火介）

【大迓鼓】燒空儘費柴。起南方火電。霹靂摧崖。呀山色燒爍了。（生）快取醋來。（衆鼓醋介）料想山神前身爲措大又逢酸子措他來。這樣神通。教人怎猜。

皴 蛆笱切

好

末二句不成語改之〔臧評〕

衆笑介怪哉怪哉。看這樣脚跟熊耳朵都着
酸醋煮稃了。生快下鍬斧成其河道。衆鼓鍬
介
前腔 生 鶴嘴啄紅崖。似鱗皴甲綻。粉裂烟開。一面
撒鹽生水也。雖然
衆鼓撒鹽介 知他火盡青山在。好似雪消春
水潑天來。鑿介驚介河頭小流接來了。衆笑介「水鳥初飛通船引䑺。」這都是大禹神通非咱弄乖
生 百姓們。功已成矣。河已通矣。當鑄鐵牛於
河岸之上。以鎮重舟。頭向河南。尾向河北。一
面催攢入關糧運兼以招引四方商賈奇貨。
聚於此州。一面奏知聖上。東遊觀覽勝景。也。
不枉了陝州百姓之勞。衆多謝老
爺男女們插柳沿河。以添勝景。生

尾本可省意有未盡改足之〔臧評〕

此折多改竄以合前調又一変体也〔臧評〕批

〔尾聲〕「還把清陰垂柳兩邊栽。」奏明主。東遊氣槩。（鉄牛鑄下傳千載）

〔衆〕「大河頭。鑄一個鐵牛兒千萬載。」（还把垂柳清陰、兩岸栽」）

（省）盡人牛力　（用）（恩）（波）鑄鐵牛（渠成、、）

傳聞聖天子　為此欲東遊

第十一折　邊急

〔西地錦〕〔外扮老將〕〔引衆上〕踏破冰淩海浪。撞開積石河梁。馬到擒王旗開斬將。袍花點盡風霜

坐擁貔貅膽氣豪。玉門關外陣雲高。白頭未掛封侯印。腰下長懸帶血刀。自家涼州都督

山花子宜二曲令增補擁貔貅金頂蓮花帳幾年閒坐鎮边防覷番兵如犬羊怎當咆虎開龍驤　合前［臧評］

羽林大將軍王君㚟是也。瓜州長樂縣人氏。平生驍勇善騎射。蒙聖恩以戰功累陞今職隴右河西聽吾節制。長城一線控隔吐番。近聞番兵大舉入寇。兵鋒頗銳。不知他大將爲誰。待俺當頭出馬。俺好不粗雄也。

【山花子】老河魁。福國安邦將。羽林軍。個個精苦。按星宮頓開旗五方陣。團花太歲中央。（內鼓）（介合）鼓轟天如雷震張。鎗刀甲盔如日光。馬噴秋（如）雲飛戰塲。倚洪福。如天大展。邊疆

（扮報子上）報報報。吐番有個大將熱龍莽殺過來了。（外）快整兵前去。（行介）

中二句亦不合調（臧評）

此見悉邏之智所以盧生先去此人

清江引大唐家有的是驍雄將出馬誰休攔攪軍兒走的慌陣兒擺得長忙〃定這回生西番早擒下先鋒㷊龍莽下

淨扮龍莽領衆上唱前清江引普天西出落的云云外衆上打話介淨吾乃番將㷊龍莽是也你是何小將敢來迎敵外吾乃大將王君奐是也出馬在此早降早降戰介番將佯敗外衆追下介末扮那邏領衆唱前清江引倒天山靠定了云云上吾乃吐番丞相悉那邏是也領兵策應龍莽將軍日前有書教他佯輸詐敗唐兵必追吾以生兵邀出其後破之必矣把都們一齊殺過閼南轉西以擒唐將衆應下淨上外追戰介末衆上叫介王君

此下增清江引作尾（臧評）

數十萬唐兵都在血泊裏喘奏凱的歌声唱兮梢兒挽的強馬隊兒擺的長看錦繡江山只一會兒搶（臧評）

佳（臧評）

奐。王君奐、且歇一馬。咱吐番丞相救兵在此。外慌介呀。中計了。中計了三軍夾戰。（淨末夾戰外敗被殺介）（淨末相見介）（淨）多承國相遠來。得此全勝。（末）唐軍戰敗。大將陣亡便乘此威風。搶進玉門關去。不可有遲。

「加鞭哨馬走如龍　斬將長驅要立功
假饒一國長空闊　盡在吾家掌握中」

第十二折　望幸

（梨花兒）（淨扮驛丞上）陝州咭大的新河驛老宰今年六十七。承差之時二十一。嗏巴到尚書還要百

白敍千言甚
悉盡斯之（臧
評）
白似弋阳語
却於俗獎甚
析亦自快人

個、十。

小子陝州新河驛驛丞。「生來祖代心靈，幼年
充縣門役。選去察院祗承。也是其年近貴，那
一位察院爺有情有情。賞我背𥡴一個，與了
我承差一名。差到東西兩廣。不說南北二京。
承差的威風休論。役滿赴考銓衙。選中了六
部火房。幹事。又犯了些不了事情。三年飛天
過海。偷選了陝州新河驛驛丞。驛係潼關出
口。錢糧津貼豐盈。幾領轎。幾抬杠。幾匹驢頭。
律令勑撒的紙牌勘合。十斛肉。十罈酒。十個
雞子。腥血食樣。似中火下程。本等應付少也
要落幾股折色分例。多則是沒一成。因此往
來公役。常被他唬嚇欺淩。幾番推躲不出。入
房搜挺不寧。眞乃一報還了一報。承差慣打
驛丞。幾番要逃要火。貪些狗苟蠅營。你道各

處送來徒犯。便是送我幾個門生。入門有拜
見之禮。着禁有賣免之情。不完月錢打夥。費
一張白紙超申。縱有查盤點視。除了刺字替
身。日久上司官到。搖船擺站鋏人到頭天樣
大事。撞着一個老太歲遊神。（内介）老爺是那
位過往官到。（淨）哎也。你道是誰。當今開元皇
帝。不安本分閑行。又不用男丁攏櫓。要一千
個裙釵唱着采菱。本州太爺親選了九百九
十八個。少了的是押殿脚的頭稍二名。老驛
丞無妻少女。尋不出。逼出了人的眼睛。遲誤
了欽限當要。小子有討了。西頭梁斷處。一條
性命爛繩。（吊頭介）（貼丑扮囚婦出救介）怎麼
了。本官老爺。縱不爲螻蟻前程。也爲這條狗
性命麼。（淨醒介）便是這條狗命。說甚麼蟻役
前程。（叩頭介）你二位不是乾娘義妹。怎生這
救苦難觀世音。（貼丑）奴家兩人都是本驛囚

婦〔淨〕哎有這等姿色的囡婦一向躲在那裡不來參見本官且問你丈夫那裡去了〔貼〕我丈夫叫短包兒剪綹去了〔淨〕怎麼說〔貼〕是老爺放他去好還月錢〔淨〕多承了〔丑〕我丈夫是胡哈兒吊鷄去了〔淨〕好生意哩〔丑〕也是老爺教他去〔淨〕我要鷄怎麼〔丑〕下程中火呢〔淨〕罷了早是不曾選着你搓九龍舟去若見老皇帝說知此事那皇帝連我的鷄都怕喫了話分兩頭且問二位仙鄉何處〔貼丑〕江南人氏〔淨〕會打歌兒哩〔貼丑〕也去的〔淨〕一發妙如今萬歲爺到來九龍舟選下一千名殿脚菱歌女止欠二名恰好你二人遇倒勞你打個歌兒將月兒起與歌出船上事體每句要彎彎二字中兩句要打入帝王二字要箇尾聲兒有趣〔貼〕使得〔貼歌介〕月兒彎彎貼子天新河兒灣灣任子哏手兒灣灣抱子帝王頸脚頭

灣灣搭了帝王肩。帝王肩。笑了言這樣的金蓮大似船。【淨】歌的好。歌的好中了君王之意【向丑介】你要四個尖尖。中間兩句。也要帝王二字。也要個俏尾聲兒。【丑】汚耳了。【歌介】月兒尖尖照見了鉸。鐵釘兒尖尖篡了嘴。嘴兒尖、尖好貫了帝王耳。手兒、尖、尖摸了個帝王腰。帝王腰着甚麽喬。天上船兒也要俺地下搖。【淨】妙妙妙。就將你兩人答應老皇帝則怕生當些。觸誤了聖體。要演習演習纔好。【貼丑】沒個演習所在。【淨】便把我當老皇帝演一演何妨。【丑笑介】使得。【淨】我唱口號二句。你二人湊成。【歌介】俺驛丞老的似個破船形。抹入新河了聽水聲。【貼丑唱介】一櫓搖時一櫓子睡。則怕掘斷了撑不的到大天明。【內响道介】【淨】快走快走。州裡太爺來了。

繡嶺宮引用
極好

排門

【西地錦】（生引隊子上）峽石飜搖翠浪、茅津細吐金沙、打排公館似仙家。晝夜瞻迎鸞駕。

（淨見生介）【西江月】（生）鸞駕即時廵幸。新河喜得完成。東都留守報分明。祗候都須齊整。（淨）一要錢糧協濟。諸般答應精靈。普天之下一人行。怎敢因而失敬。稟爺。萬歲爺爺爺若起岸而行。往何宮館。（生）原有先年造下繡嶺宮。三宮六院。見成齊備。扈從文武。俱有公館帳房人役錢糧也。有東京七十四州縣津分帖濟。則有一千名棹歌女子。急節難全。怎生是好。（淨）止欠二名。驛丞星夜家中撇取嫡親姊妹二名。教他打歌搖櫓。已勾一千之數。（生）驛丞費心了。（衆稟介）驛官謊爺。是兩名囚婦。（生）好打。（淨叩頭介）雖則囚婦。頗有姿色。又能唱歌

繖傘同

喫不的直駕將軍一個瓜出驛丞之口則佳今作生

急忙難討這等一對、(生)也說得是。驛丞聽我分付、

〔一封書〕東來是翠華、要曲柄紅羅繖一把、(淨)驛裡到沒有這一件。(生)繡嶺宮、鸞駕庫裡借來。御筵排、怎麼遶、龍盤盡插花。(淨)則怕珍羞不齊。老皇帝也只得隨鄉入俗了、(生)我自有象牙盤上膳千品外間所獻。預備賞賜而已。(淨)還怕鹵駕文武老爺。管接不周。文武官員猶自可有那等勢、焰、的、中、貂、怎、柰他(生)不妨、有個頭、有個頭兒高公公。我已差人送禮。他自能約束。則我這裡。要精細哩。休當要。莫爭差、喫不盡的直駕將軍一個瓜。

曲吾不取也〔藏評〕

還一事。分付各路糧貨船。千百餘艘。着以五方旗色。編齊綱運。逐隊寫着某路白糧某州奇貨。每船上焚香。奏其本地之樂。〔淨應介〕〔官走上報介〕稟爺。掌頭行的老公公到了。聖駕已駐三百里之外。〔生忙介〕快看馬來迎駕去。

地脈三河接　天臨萬乘通

有星皆拱北。無水不朝東。

此折共十四曲覺太雜今改定蓋太常引遶池遊為上場引子望吾鄉出隊子二曲皆御駕在途衆合唱至生進牙盤始用鶯画眉慢板起調滴滴金啄木兒則以中板接之李報唱滴溜子盧生賜袍然唱鮑老催皆最緊

邯鄲　中

第十三折　東巡

【太常引】（宇裴引隊上）天迴地遶聖躬勞、春色曉鷄號。日華遥上赭黃袍、蓮花仙掌雲霄。

（宇）下官御史中丞平章軍國大事宇文融是也。（裴）下官中書少監裴光庭是也。中書監蕭年兒在京監國。我二人扈駕東行。這是臨潼關外行宮前面漸次陝城了。州守乃是盧年兒也。（宇笑介）盧生在此三年。新河一事未經報完。好難的題目哩。（裴）此君之才。下官所知河工必成。當受上賞。（淨）河成不成。到彼便見。（內傳呼）聖人升殿

板也如此不惟曲有次第而上場亦整整可觀

[藏評]事有不可太認真者如戲中天子自稱廟號是也徐文長以此不滿西廂然終不能為之改易

[遶地遊][上引高力士衆上]黃輿左纛、又出三門道、聽行漏玉鷄春曉、扇影全高日華初照。[合]錦江山、都迴環聖朝。

[衆叩頭呼萬歲介][上]黼帳天臨御路開。離宮清蹕暫徘徊、幢幢谷暗千旗出、洶洶山鳴萬乘來。寡人唐玄宗是也。車駕東巡洛陽。駐蹕潼關之外。今已早膳。高力士傳旨起駕。[高傳][傳上旨][行介]

[望吾鄉犯]電轉星搖。旌旗出陝郊、仙公河上誰傳道。三生帝女人悲杳萬乘親巡到。[生跪伏介]知陝州事、

天子認門生裴忠認同年宇文不能殺盧生明矣

刪刪【臧評】

有詩為証是夢中語兕仙詩固自好

前翰林院學士兼知制誥臣盧生領合州官吏百姓男女迎駕。[上]問介那知州可是前日狀元盧生。[裴]是。[上]平身。[生]萬歲萬歲萬歲萬萬歲。[上]前面高聳聳的是何物。[生]出關路險。搭有天橋。[上]天橋麼。天將風雨。[生]所謂雨師洒道。風伯清塵。[上]笑介趲行。[合]

看砥柱。望石橋。山川天險出雲霄。離宮渺帳殿遥。二陵風雨在西崤。

[上]傳旨。且住避雨片時。問陝州有何行殿。[生]有萬歲巡行繡嶺宮。[上]怎見的。[生]有詩為証。[上]奏來。[生]臣謹奏上。春日遲遲春艸綠。野棠開盡飄香玉。繡嶺宮前鶴髮翁。猶唱開元太平曲。[上]聽此詩。昔年遊幸如在眼前。[生]萬歲喜天開日朗。鸞駕可行。[上]傳旨。迤邐而進

刪〔臧評〕

有此一開越顯盧生奇功

〔絳都春〕「擂鼓鳴揪。望山程險處過了天橋。則這些截斷了河陽京兆。早捱過了臨潼跐蹬的遥。大華如夢杳。似蓮嬌倒映的這關門窄小。」〔生〕臣盧生謹奏。聖駕已出潼關。到了河口。請登龍舟。〔上〕朕記此間舊是石路。何用龍舟。〔生〕臣已開河三百餘里。以備聖駕東遊。〔上笑介〕有此奇異之事。朕往觀之。〔望介〕呀。真乃水天一色也。「龍輿瞻眺。真乃是山色水光相照。」〔內鼓吹上衆登舟介〕〔上〕下了龍舟。〔生〕臣已選下殿脚采女千人。能爲棹歌。〔采女叩頭棹歌介〕

出隊子 君王福耀。謝 君王福耀。鑿破了河關一線遥翠絲絲」楊柳畫蘭橈、「酒滴向河神吹洞簫、好摇摇等閑平地。把天河到了。」

越女吴娃别樣嬌

陰 試聽、菱歌 新、声 恁好

上 美哉棹歌之女也。

鬧樊樓「説甚麽如花殿脚多奇妙。那菱歌起處。却也魚沉雁落。似洛浦淩波照甚漢女明粧笑。在處裡有嬌娆。也要你臣子們知道。新河站偏他粧的恁好。」

准奏牙盤應
有崔氏親獻
增補之〔臧評〕

並音刑
牙盤四句作
崔氏唱〔臧評〕

槃叶音權

是典民同樂
否
上宇生唱下
宇報合〔臧評〕

〔内〕奏樂〔介〕〔生〕臣之妻、清河崔氏。備有牙盤一
千品、獻上、〔上笑介〕准卿奏〔生進酒介〕臣盧生
謹上千秋
萬壽酒、
〔鶯畫眉〕金盞酌仙桃。滴金莖湛露膏。臣膝行而
進臨天表。牙盤獻。水陸珍肴。菱歌奏。洞庭天樂，
〔上笑〕
〔介〕〔合〕今朝有幸。雲霄裡。得近天顏微笑。
〔上〕牙盤所進。分賜護從人等。卿平身。〔生呼萬
歲起介〕〔上〕前面船隻數千隊。奏樂器。是什麼
船。〔生〕此皆江南糧餉。各路珍
奇。逐隊焚香。奏他本土之樂。
〔滴滴金〕〔上笑〕〔介〕〔衆〕「這是白粮船各路分旗号还有轉販的貨船也来到
看幾艘排列的無喧鬧。」一隊隊軍

嗟店平声

祖宗以來未有之事免君臣就食之苦自盧生為之其功所以為大

民「齊跪着。（隊隊吹声動）」頂香爐。喏着細樂。「各路的貨郎兒分（並無喧鬧）旗號。白糧船到了。（百忙中）有「那番船上回回跳。（回回跳）「江漢來（唱道天子開元）朝都到這」河宗獻寶。

〔上〕二卿知昔日陝州之路，石嶺崎嶇，江南糧運至此，驢馳車載，萬苦千辛，因此祖宗以來，遇糧運稍遲，俺君臣們巡狩東都就食。不想今日，有此盧生也。

【啄木兒】〔上〕他時路。石徑喬。糧運關中車輓勞。怕乾枯了走陸地蛟龍。誰撥轉個透海金鰲。〔生〕臣謹奏。（君王鸞駕）這新河。望萬歲賜以新名。〔上〕可賜名永濟河。〔生〕萬歲。〔裴合〕「是開元天子」巡

建功

不為天子頌盛德止為盧生彰大功亦夢中事也

遊到新河永濟傳微號穩倩取歲歲江南百萬漕。

[上]前岸屹然而立。頭向河南。尾向河北者何物也。[生]鐵牛以鎮水災。[上]宣裴光庭。卿長於文翰。可作鐵牛頌。以彰盧生之功。[裴]萬歲臣謹奏。[上]可奏來。[裴]天元乾。地順坤。元一元而大武。順百順而爲牛。牛其春物之始乎。鐵乃秋金之利乎。其爲制也。寓精奇特。壯趾貞堅。首有如山之正。角有不崩之容。至乃融巨冶。炊洪蒙。執大象。驅神功。遂爾東臨周畿。西盡虢略。當函關之路。望若隱仙。近桃林之塞。時同歸獸。昔李冰鎮蜀。立石兕於江流。張騫鑿空。欽牽郎於漢渚。蓋金爲水火既濟。牛則山川含諸。所謂載華岳而不重。鎮河海而不洩

只此一頌裴
才原該第一

樹名

其在茲與。臣光庭作頌。頌曰。杳冥精分混沌
氣。爐甫推。牛載厚地。巨靈西撐角崢嶸。馮夷
東流吼滂沛。堅立不動神之至。層隄顧護人
所庇。帝賜祈河名永濟。玉帛朝宗千萬歲。[上]
笑[介]奇哉頌也。盧生刻之碑銘。汝
功勞在萬萬年不小也。[生]萬歲。

三段子 [上] 河源慿高。動天河。江潮海潮。詞源慿
豪勇文章。金刀筆刀。盧卿呵 這柳堤(兒)(敢)配(的)甘
棠召。裴卿呵 你金牛作頌(似)河清照。[衆合]便是 禹鑿鴻
碑也(只)(感)帝堯 歸功

[內馬聲宁望介]岸上走馬。有何事情緊急理
小卒上[星]忙來路遠。火速報君知。宇老爺報

邸中 五

此調名滴溜子〔臧評〕

那邊不要六隹〔臧評〕

子叩頭。〔宇〕可甚軍情。緩緩說來。

〔鬬雙雞〕〔卒〕邊關上。邊關上。番軍來炒。〔宇〕有大將王君奐在哩。〔卒〕君奐將。君奐將。就中難道。〔宇〕難道是殺了。〔卒〕刻下風聞非小。〔宇〕有玉門關哩。〔卒〕敢撞進了玉門關。那邊兒不要。〔宇〕不要那邊。難道要這邊。〔卒起介〕便要不的這邊廂也。商量怎了。

〔宇奏介〕臣宇文融啟萬歲。有邊報緊急。吐番殺進長城。王君奐抵敵不過。伏乞聖裁。〔上〕驚介。這等怎生處分。

〔上小樓〕虛囂。非常震擾。去長安路幾遙。急怔間。區駕的難差調。酸溜溜的文官班裡。誰誦過兵書去戰討」。〔淨背笑介〕閑河到被盧生做了一功。恰好又這等一個題目處置他。〔回奏介〕臣與文班商量。除是盧生之才。可以前去征戰。〔上〕卿言是也。〔生〕兵凶戰危。臣不敢任。〔上〕寡人知卿。卿不可辭。即拜卿爲御史中丞兼領河西隴右四道節度使。掛印征西大將軍。星夜起程。無得遲悞。朕有御衣戰袍一領。賜卿。御前穿挂了。謝恩。〔生應起介〕〔內鼓吹生換戎裝謝恩介〕新陞御史中丞兼領河西隴右四道節度使臣盧生見駕叩頭。〔上〕平身。卿去朕無西顧之憂

此與平常鮑老稍異須照閨記儒業祖傳襛体唱之【臧評】

矣。

【耍鮑老】邊（遠）關事。多應難料。（教誰去征討權）且把個錦將軍裝束的俏。你頭插了侍中貂。也只索從征調。【裴】汗馬功勞。（非草）比尋河外國那辛勤較。【字】（休得要）俺這裡玩波濤。

臨潼關鬬寶。（若死相推調）你可也展雄樣。逞英豪。【合】遵欽限。把陽關唱好。（這）是你封侯道。

【內】鼓吹開船介【上】盧生盧生。

【尾聲】我暫把洛陽花遶一遭。（此行不為看花好）專等你捷音來報。

一五六

崔氏追上情文兩脩

此下四曲多佳句臨川能篇々似此即元人當拜下風矣〔臧評〕

裴村渴好

「那時節呵重疊的蔭子封妻」恩不小〔下〕（骨取）（存這遭）

〔生〕跪伏呼萬歲起〔介〕分付衆將官旣然邊關緊急欽限森嚴就此起程不辭夫人而去了正是昔日饑寒驅我去今朝富貴逼人來〔下〕

〔旦貼上〕本來銀漢是紅牆隔得盧家白玉堂誰與王昌報消息盡知三十六鴛鴦响和梅香尋相公去來呀怎不見了相公也

〔賽觀音〕我兒夫知何際記不起清河店兒抛閃下博陵崔氏（合）一片無情直恁水流西

〔貼〕問〔介〕一河兩岸老哥見太爺那裡去了〔內〕唐明皇央及太爺跨馬征番去了〔旦〕哭〔介〕原來如此

或謂大人不、宜沿途追赶余曰正應處子時促人招嫁夢境摸糊又勿論矣（藏評）

急叶巾以切

此曲尤佳（藏評）

【前腔】爲征夫添憔悴平沙處關河鴈低楊柳外夕陽烟際【合】聽馬嘶聲還似在画橋西

梅香咱們趕上送他一程【走介】

【人月圓】跌着脚叫我如何理把手的夫妻別離起等不得半聲將息跨馬征番直恁急【合】征塵遠空盈盈淚眼何處追隨

【貼】趕不上且回州去再作區處

【前腔】去則去要去誰闌你便婦女軍中頽甚氣

的是元曲

咱回家今夕你何州睡剗不斷夫妻一肚皮〔合
淒涼起除則是夢中和你些兒
河功就了去邊州　人不見兮水空流
山上有山何處望　一天明月大刀頭

第十四折 西諜

〔淨外扮將軍上〕臺上霜威凌草木軍中殺氣傍旌旗我們河西節度使府中副將是也大都督盧爺升帳在此伺候

〔金瓏璁〕〔生引衆上〕河隴逼西番爲兵戈大將傷殘爭

引佳引〔藏評〕

好

予未見北調以絳都春起者，敗點絳唇爲得〔藏評〕

些兒撞破了玉門關，君王西顧切，起關東掛印登壇。長劍倚天山。

〔集唐〕三十登壇衆所尊，紅旗半捲出轅門。前軍已戰交河北，直斬樓蘭報國恩。我盧生自陜州而來，因河西大將王君㚟與吐番戰敗，河隴動搖，朝廷震恐，命下官掛印征西。兵法云，臣主和同，國不可攻，我欲遣一人往行離間，先除了悉那邏丞相，則龍莽勢孤，不戰而下，此乃機密之事也。訪的軍中有一尖哨，叫做打番兒漢，講得三十六國番語，穿回入漢，來去如飛。早已喚來也。

〔北絳都春〕〔旦扮小軍〕〔插旗上〕莽乾坤一片江山。千山萬

淇水天山

此曲有可以意加損者在第七句起臨川從第二句便情然特為寵宝以授歌者〔藏評〕

水（華）分（夷）程（界）限。偏我這產西涼（產）直看（透）邊關。也是我野

花胎這頭（種　能）分辨。

〔見介生〕呀你便是打番兒

漢。你可打的番道的漢麽。

混江龍〔軍舞〕打番兒漢。俺是打番兒漢。「哨尖頭。

〔介〕

〔生〕祖貫是羌「祖貫南番。到這（論根生土長）

有俺的正身迭辦。「種漢兒種。〔軍〕

（本南番也沒有的　名籍貫也不）

無爺娘田地甘涼畔。順風兒拜別了悶摩山。你

（支半口粮單每日慣打盤旋不離河龍地長）

收了這小番兒在眼。「一名支數口糧單。小番兒

（則是順風兒出沒在悶摩山）

身才輕巧。小番兒口舌蘭番。小番兒曾到羊同

郎郎　中　九

（黑亨美切）（白巴哩切）（宿叶須上聲）

北單

党項。小番兒也到那昆（黑）侖（海）白蘭。「小番兒會吐魯

渾般骨都古魯。」小番兒會別失巴的畢力班闌。」

小番兒會（也）一㽞咖喇的講着（他）鐵里。小番兒也會

剔溜禿律打（的）的（着）山丹。「但教俺穿營入寨無危難。

白茫茫沙氣寒。將一領荅思叭兒頭毛上按將

一個哨溺力兒脣縛上安。敢則是夜行晝伏。說

甚麽水宿風湌。」生養軍千日用在一朝。我今日

、、、夜、行、晝、伏、怕、甚、的、水、宿、風、湌、、、、有用你之處。你可去得麽。軍

止不過敲象牙。抽豹尾有甚麽去不得也那顔。

是能人

(生)如今吐番國悉那羅丞相足智多謀爲我國之害要你走入番中做個細作報與番王只說悉那羅丞相因番王年老有謀反之意好反教那番王害了他你去得去不得(軍)這場事大難大難你着俺行(穿營入寨直走上)反問向刀尖劍樹(萬)(層)山你教俺趲也不趲頑也不頑太師呵你教俺沒事的誆人反將何動憚着甚(麼)通關(生)但遲着悉兵三三兩兩傳說去悉那邏丞相謀反自然彼中疑惑要甚麼通關呢(天)(那怎)(也)(你)教俺兩片皮把鎮胡天的玉柱輕調侃(駕瀚海的金梁安丢放倒)(鎖胡天的玉柱赤力推番)三寸舌把架瀚海金梁倒放番俺其實有口難安

是能人

夢話

〔生〕既然流言難布。我有一計。千條小紙兒。寫下悉那邏謀反四大字。到彼中遍處粘貼。方成其事。此計可中。〔軍〕「則將這紙條兒紙條兒。窣地的莊嚴看」。呀。一千個紙條兒。拿着怎好。〔生想介〕便是。俺有計了。打聽番中木葉山下。一道泉水流入番王帳殿之中。給你竹籤兒一片。將一千片樹葉兒刺着悉邏謀反四個字。就如虫蟻蛀的一般。上風頭吹去。流入帳中。他只道天神所使。斷然起疑。此乃御溝紅葉之計也。〔軍〕妙哉妙哉「須不比知風識水俏紅顏。倒使着寒江楓葉丹。你道灘也麼灘。透燕支山外山」。小番兒去也。〔生〕賞你一道紅。十角酒。三千貫響鈔。買乾糧饆饠去。成事。賞你千戶告身。〔軍〕「懷揣

好和歹句唱
在遲共疾句
前水字下槪
也那二字（藏
評

着片醉題紅錦囊出關。撲着口星去星還。到木（也不用爭馳白馬鉄關西則消俺親提紅葉）
葉河灣。（寒江畔）則願遲共疾（先）央及煞有商量的流水潺
顔。好和歹（要）撥賺他沒套數的番王着眼。
【生】你道葉兒
上寫甚來。
【北尾】無筆仗。指甲裡使着木刀鑽。有靈心。似虫
蟻兒猛把書文按。（俺也不題着）怎題的漢宮中無端士女愁。
則寫着錦番邦悉那邏丞相反。【下】
【生】番兒去的猛。此事必成。
但整理兵馬。相機而進。

反間則淂計奚亦知字文為悉邏儧儥乎出尔反尔莫怪之之

氆氌音普魯

賢豪在敵國　反間爲上策

目眼 睹觀 提旌旗　耳聽好消息

第十五折 大提

一枝花 淨扮龍 茶上 殺過賀蘭山。血染燕支塞。展開番主界。踏破漢兒牌。氆氌登臺。繡帽獅蠻帶。與中華鬪將材。三尺劍。秋水摩揩。七圍帳。蓮花寶蓋。

自家熱龍莽。吐番稱大將。撞破玉門關。把定了銅符帳。俺便待長驅甘涼。進窺關隴。則爲

丞言

國叶音鬼番將從無唱此腔者以其詞為北調姑用之第須帶唱帶做乃可【藏評】

台看龍蹦大海搶看唐家多大二句亦佳【藏評】

俺國裡悉那邏丞相，他智勇雙全，一步九算。已差人商議去。俺想自古有將必有相，一手怎做得天大事也。

【北二犯江兒水】悉邏相國，想起那悉邏相國，他

俺番邦蹦喝采

生的有人物，

生的有魁梧儀表，磊落

在論番朝無賽蓋。有胸懷，好兵書，好戰策。他和俺答的來，我有他展的開。一個邊臺，一個朝堦，合着這兩條龍飜大海。

【衆】可也怕唐家江山

廣大人物

乖巧【淨】

漢兒恁乖，也不見漢兒恁乖。唐家多大，搶着看唐家多大，則俺恨不的展天山打

賛普不應着是之愚想你着夢了也

北尾改水底魚下便生你接前調上也[藏評]

破了漢摩崖、

[番將捧令箭上]告力煞麻尼撒里呇麻赤報復元帥。悉那邏丞相謀反。被賛普爺殺了。[淨驚介]怎麽說。[丑]再說介[淨]誰見來。[丑]菩薩見[淨]怎生菩薩見。[丑]元帥不知。本國有木葉山水。泉。直透我王宮帳。流下有千片葉兒。虫蛀其上有悉邏謀反四大字。國王爺見了。差人出山巡視。並無一人。國王爺說道天神指教了。請丞相可喫馬乳酒。腦背後銅鎚一下。腦漿迸流。[淨驚介]這等丞相可死了。[丑]可不死了。[淨哭介]俺的悉邏丞相。天也。天也。[扮報子上]報報報。唐家盧元帥大兵殺過來了。[淨]這等怎了怎了。

「兵馬蕭蕭　愁雲黯戰袍

北尾急番身撒馬營門外。猛鼕鼕番鼓陣旗開。

生上唱前腔萬弩千刀今年太白高凱歌声裹金鞭和鐙敲（藏評）番衆上原唱前曲（藏評）

北脫布衫又重起調候而

天呵（折咱右臂）可能勾金鐙上馬敲（还說。甚天驕）重奏的凱。［下］

［生］引衆唱前清江引大唐家有的是云云［上］自家奉詔征番。用智殺了番相悉那邏。此時番將勢孤。可擒也三軍前進。［下］［淨］引衆唱前清江引普天兩出落的云云［上］見介［淨］來將何人。［生］大唐盧元帥。［淨］認得咱龍莽將軍麽。［生］正爲認得你纔好拿你哩。［淨］你有王君奠那斷手段麽。［生］笑介你家悉那邏那斷何在。［戰介番敗下介又上戰番敗下介］［生］領衆殺上呀。熱龍莽敗走了。我軍星夜趕去。遇城收城。遇鎮收鎮。殺出陽關以西。正是鐃他走上谿磨天。也要騰身趕將去。

［北調脫布衫］［莽領敗兵走上］想當初。雅（粗）氣豪（淘）。把全唐

南條而北自不相妨唯知音者識之【臧評】

鹹改自佳二曲改豹子令予每見演香囊元本唱此調一唱起和甚爲称賞令改悉如之【臧評】

看的脫虛囂。到如今。戰敗而逃。可正是一報還一報。

把都兒們孩兒怎了也。

〔中呂小梁州〕〔哭〕〔介〕「折沒煞」萬丈旄頭氣不消。「鬼哭

萬丈旄頭氣不消、、、枉了俺沙場百戰有功勞、、、卻被今日處生一陣掃落的抛盔弃甲往前逃。、、、有何面目出蘭臬

神號。明光光十萬甲兵刀。成抛調殘箭引弓弰」

〔内鼓噪報介〕漢兵到也。〔莽〕走走走。那來的休得追趕。

〔么〕「兒窩兒敢盼得番兵到。錦江山亂起唐旗號。

承把那羅来殺了、、、怎知戰敗有今朝、、、遥望穹声急雖到但見兵風血雨晴周遭、、、只得

閃周遭。天數難逃。血雨漂兵風噪。難憑國史說

二曲刪去（藏評）

衷腸打動是宇文絕根

傳書雁足且求饒

咱是漢天驕。」罷了罷了。」千里之外。便是祈連山。乃胡漢之界。待我想一計來。「內雁叫介」有計了。不免裂帛爲書。繫於雁足之上。央他放我一條歸路萬一回兵。未可知也。「天天天只可惜冷了那邏丞相呵

「耍孩兒」從來將相難孤吊。一隻手怎生提調。如風捲葉。似沙漂。冷淋侵無路奔逃。眞乃是玉龍戰敗飄鱗甲。野獸驚回濕羽毛。央及煞孤鴻叫。一兩句中腸。打動千萬個大國求饒。」

甘單

煞尾「南朝那一敲。西番這一囂。老天天。望不着咱那寨兒到。吐魯魯。羞殺咱百十陣的功勞。這一陣兒掃。」

走上天山一看　殺氣無邊無岸

做了跌彈班鳩　誆與寄書胡鴈

第十六折　勒功

夜行船引 生引 衆上 紫塞長驅飛虎豹。擁貔貅萬里咆哮。黑月陰山。黃雲白草。是萬里封侯故道

壯

二曲絕點竄數字唱便合調【藏評】

好

日落轅門鼓角鳴。千羣面縛出番城。洗兵魚海雲迎陣。秣馬龍堆月照營。我盧生總領得勝軍十萬。搶過陽關。一面飛書奏捷。一面乘勝長驅。至此將次千里之程。深入吐蕃之境但兵法虛虛實實。且龍莽號爲知兵。恐有埋伏。不免一路打圍而去。直拿倒了龍莽方爲罕也。【衆應】

【介】行【介】

【惜奴嬌序】大展龍韜。看長城之外。沙塞飄搖。【衆】將軍令。驟雨驚風來到。迢迢千里邊城「遍到處揷上了」大唐旗號。不小看。圖画上秦關漢塞。廣長多少。

（旁注：開、非、遍）

雹叶音暴

滾叶音滂

二十字內具甲兵百萬想

甘單

小卒上 報報報。前面黑坳兒內。飛鴉驚起。恐有伏兵。生 是也。上有黑雲。下有伏兵。快搜勦前去。小番將領衆上 煞嘛嘛。克喇喇。戰介 番敗走下介 生 此賊幾乎中他之計。衆 諒他小小。何足道哉。

黑麻序 難鐃。點點腥臊。費龍爭虎鬭。一番搜勦。看風飛（行）草動（偃）。殺的他零星落（飛）雹。生 蕭條。血染了（平） 弓刀。（梟腥）風吹起戰袍。雁叫介 生射介 雁雲高。寶雕弓扣響（試叩响雕弓） 風前橫落。

衆唱介 呈上將軍。雁足之上。帶有數行帛書。生看介 此地是天山。天分漢與番。莫教飛

龍莽亦是能人浮此好記室也

建功

删（藏評）

鳥盡留取報恩環。〔生笑介〕諸軍且退後。〔背介〕此詩乃熱龍莽求我還師。莫教飛鳥盡留取報恩環。是了。飛鳥盡。良弓藏。看來龍莽也是一條好漢。且留着他。〔回介〕此山名爲何山。〔衆〕是。天山。〔生〕玉門關過來多少。〔衆〕九百九十九里。〔生〕怎生少一里。〔衆〕天山上一片石。占了一里。〔生〕從來有人征戰至此者乎。〔衆〕從古未有。〔生笑介〕怪的古詩云。空留一片石。萬古在天山。吾今起自書生。使聖主威靈。破虜至此。足矣。衆將軍。可磨削天山一片石。紀功而還。〔衆〕應。〔磨石介〕

〔園林好犯〕「頭直上天山那高。打摩崖刨鉏剗鍬。向平間。平治了一道。山似紙。筆如刀。把元帥高

此須用散套點檢梅花內有任雪花梅英開巧曲唱之若如常調則前後皆不叶矣〔藏評〕

甘單

名揷九霄。」

生待我題名念介大唐天子命將征西出塞千里斬虜百萬至于天山勒石而還作鎮萬古。永永無極。開元某年某月某日征西大元帥邯鄲盧生題。放筆矣介衆將軍。千秋萬歲後。以盧生爲何如。衆應介是。

忒忒令犯〔衆〕上題着大唐年。開元聖朝。下題着大元帥。征西的爵號。」直棱上了祈連一道折抹

料天山片石長是好

風和雨穿便銷便做到沒字碑把前朝也磨。

了黃河數套。雖則這幾行題。一片石千椎萬鑿

認了

這壁廂唐家盡頭那壁廂。番家對交。萬千年。天

淋。

刪（減評）

痛。

山立草爲標」

「生」題則題了。我。則仰。莽。苔。風。雨。石。裂。山。崩。那。時泯沒。我。功。勞。了。「衆」聖天子萬靈擁護。大將軍八面威風。自然萬古鮮明。千秋燦爛。

「雙」蝴蝶「便風雨莽苔的氣不消。一字字鴈行排。天際遥。也未必蚤晚間。山移石爆。長則在關河上星廻日耀。但望着題名記。神驚鬼叫。便做到没字碑。也磨洗認前朝」

「報上」故國山河闊。新恩日月高。禀老爺。聖上看了捷書。舉朝文武大宴三日。封老爺定西

出將入相

痴

二曲並刪〔滅

評

甘罷

侯、食邑、三千戶。欽取還朝。加太子太保、兵部尚書、同平章軍國大事。聖旨差官迎取。已到望老爺、即便班師〔衆賀介〕〔生〕聞此聖恩、便當不候駕而回。但塞外之事、處置停當。自天山至陽關。千里之內、起三座大城、墩臺連接。無事也、時養馬、有事聲振、策應不許有違

【沉醉東風】守定着天山這條。休賣了盧龍一道。少則少千里之遥。須則要號頭明。烽瞭遠、常川看娇〔衆跪介〕承教。現放着軍政司條例分毫但欽依。小將們知道

〔生〕這筭。就此更衣了。〔內捧幞袍上更衣介〕

霍班早已做
夢不還夢中

【錦花香】〔生〕你既然承托我敢違宣召。好些。時。夢魂飛過了午門橋。〔嘆〕〔介〕拜辭了金戈鐵馬。卸下了征袍。和你三載驅勞。一時拋調慘風烟淚滿陽關道。〔行〕〔介〕

【錦水棹】陽關道。來回到。長安道。難輕造。便做我未老得還朝。被風沙也朱顏半凋。從軍苦也從軍樂。聽了些孤鴈橫秋。画角連宵。金鉦奏。金鉦奏。画鼓敲。嘶風戰馬。把歸鞍蹻。人爭看。霍飄姚

難輕造
重回到落的
個萬里
把
樂自
量
度

人復羨霍班可嘆

夗央煞尾唯北双調有之臨川悞甚矣今改尾聲

【臧評】只把功名看得恁大

大音恉

甘單

留不住。漢班超。【鼓吹】

【鴛鴦煞】滿轆門擂鼓【回軍樂】連天鬧。擁定個出塞將軍 【金介】

入漢朝。【生】「列位將軍。休要得忘了俸數載功勞。

把一座有表記的名山須看的好。」改則要把數載功名記的牢

許國從來徹廟堂　連年不爲在疆場

將軍天上封侯印　御史臺中異姓王

第十七折　閨喜

【桃園憶故人】【旦引老】【旦上】盧郎未老因緣大。贅居崔

此曲止見破窑記紅粧艷質其第二曲大宇江頭金桂腔也不知夜雨打梧桐

氏清河。夫貴妻榮堪賀。忽地把人分破（合）問天天。方便些些兒箇。歸到畫堂清妥。

（長相思）博陵崔。清河崔。昔日崔嶶今又嶶。今生情爲誰。去關西。渡河西。「你」南望相思「我向」北也思。丁東風馬兒姥姥。一從盧郎征西杳無信息。不知彼中征戰若何（老）仗皇家福力。必然取勝。則是姐姐消瘦了幾分。

（擲破金字令）（旦）不茶不飯。所事慵粧裹。（老）他是家室爲官爲官身跋涉。把「令政」成拋躲。（老）遠路風塵。「知他如今是」怎麼。（旦）則爲他人才得過聰明。又煩好功名

其名何自？原本四曲今刪其半，詞中亦多改竄。【臧評】

甘單

兩字。生折磨。【合】春光去了呵。秋光卽漸多。扇掩

輕羅淚點層波則爲他着人兒那些情意可。

【夜雨打梧桐】【旦】「拈整翠鈿窩。悶把鏡兒呵。【貼】後花園

走走跳跳【旦】待騰那。和你花園遊和。【行】【介】做一個寬

擡瘦玉。慢展淩波。霎兒問。蹬着步。怎那。【旦住】【介】【老】似

這水紅花也囉不爲奴哥花也因何。【合】甚情呵。

夏日長猶可冬宵短得麼

【老】梅香取排簫絃子鼓弄一番。和

姐姐消遣。【貼】衆吹彈介【旦】歇了。

戲曲六好

【擲破金字令】砌一會品簫紋索幌得人沒奈何。少待我翠屏深坐靜打磨陀這好光陰閑着了我【貼】看你僧勾了身奇受用了情哥。還待恁般尋索。特地吟哦有一般兒孤寡教怎生過。【合】春光去了呵。秋光卽漸多。扇掩輕羅淚點層波。則爲他着人兒那些那些情意可。

「非是我拋弦索懶去和為別思鄉關河

【旦】聆雕鞍你何日歸來和我渺關

【夜雨打梧桐】

閃双蝶守着翠屏深坐

【老】懶去後花園。同前門而望。儻有河淡烟横抹」邊報。亦未可知。【旦】正是正是。【行介

〔內打〕〔歌介〕雖「咱青春傷大」（則芳年未老。）幽恨偏多。聽青青子兒誰唱歌。〔貼〕「略約倚門睃翠閃了雙蛾撞頭望來（把歸期暗。數數的指尖掐破盼他。）（則個）兀自你鳳釵微嚲。〔合〕甚情呵（待勝、那、這、白、日、猶、閒、可、）夏日長猶可冬宵（到黃昏怎奈何）短得麼」

〔扮將官上〕羽檄飛三捷。恩光下九重。報上夫人老爺用兵得勝。飛奏朝廷萬歲十分歡喜着大小文武官員。宴賀三日封老爺爲定西侯食邑三千戶。馬上差官欽取還朝掌理兵部尚書。加太子太保同平章軍國大事。蚤晚見朝也。〔旦〕這等謝天謝地

〔尾聲〕〔旦〕喜蛛兒頭直上吊下。到裙拖七天來大喜

天來大喜音
熱壞我耳朵

音。熱壞我的耳朶。則排比十里笙歌接着他。

去時兒女悲。　歸來笳鼓競。

借問行路人。　何如霍去病。

第十八折　飛語

秋夜月 [淨引衆上] 四馬車。纔下的這東華路。但是官寮都俯伏。有一班兒不睹事。難容恕。[笑介] 敢今番可圖。敢今番可圖。

[淨] 深深喜吾皇聽不聽。一朝偏信宇文融。今生不要尋寃業。無奈前生作耗蟲。自家宇文融

宇文每謟盧生輒云尋个題目處寘盖從捴裁時看文章來盧生家金錢不少獨不肯鑽刺宇文者何也予謂臨川好為傷時之論于此益見（藏

評 賄賂番將處作半功亦是邊關通弊

當朝首相。數年前狀元盧生不肯拜我門下心常恨之。尋了一個開河的題目處置他。他到奏了功。開河三百里。俺只得又尋個西番征戰的題目處置他。他又奏了功。開邊一千里。聖上封為定西侯。加太子太保兼兵部尚書。還朝同平章軍國事。到如今再沒有第三個題目了。沉吟數日。潛遣心腹之人。訪緝他陰事。說他賄賂番將。佯輸賣陣。虛作軍功。到得天山地方。雁足之上。開了番將私書。自言自語。即刻收兵。不行追趕。（笑介）此非通番賣國之明驗乎。把這一個題目下落他。再動不得手了。我已草下奏稿在此。只為近日蕭嵩同平章事。本上要連他簽押。恐有異同。我已排下機謀。知他可到。

【西地錦】（蕭上）同在中書相府。平章兩字何如。（笑介）喜盧生歸到握兵符。和咱雙成玉柱。

〔蕭〕平明登紫閣。〔淨〕日晏下彤闈。〔蕭〕擾擾朝中子。〔淨〕徒勞歌是非。〔蕭〕老平章。是非從何而起。〔淨〕你不知。滿朝說盧生通番賣國。大逆當誅若不奏知。干連政府。〔蕭〕怎見得。〔淨〕你說他爲何到得天山。竟然轉馬。原來與番將熱龍莽交通賄賂。接受私書。〔蕭〕盧生是有功之臣。未可造次。

【八聲甘州】〔淨笑介〕他欺君賣主。勾連外國。漏洩機謨。〔蕭〕怕沒有此事。此乃番將聞風遠遁。成此大功也。〔淨笑介〕那龍莽呵。「佯輸詐敗」（拋戈棄甲）就裏「都難料取」（却是佯輸）呵既不兵臨虜穴乘勝取。爲甚天

蕭公兩個躊躕下字淂情景

宇文此疏亦煞人常事耳〔臧評〕

山看帛書。〔合〕躊。躕。這事體非小可之圖。
〔前腔〕〔蕭〕有無。這中間情事。隔邊庭吊遠要審個
眞虛。〔淨〕千眞萬眞。旣不可得了番書。合當奏上。〔蕭〕那將在軍中呵。隨
機進止。況收復了千里邊隅。〔淨怒介〕你朋黨欺君。〔蕭〕我甘
爲朋黨相勸阻。肯坐看忠臣受枉誅。〔合〕〔前〕
〔淨笑介〕原來你爲同年。不爲朝廷。這事我已
做下了。有本稿在此。你看。〔蕭看念介〕中書省
平章軍國大事臣宇文融同平章事門下侍
郎臣蕭嵩。一本。爲誅除奸將事。有前征西節
度使。今封定西侯。兼兵部尚書同平章軍國
事盧生。與吐番將熱龍莽交通獻頭。龍莽佯

宇文疏奏只平平点叙看来亦不甚奸

夢話

蕭嵩花押此出臨川已意然亦淺矣（臧評）

徐評 凡遇此等人此等事只以夢視之

敗而歸盧生假張功伐到於天山地方擅接龍莽私書不行追勦通番賣國其罪當誅臣融臣嵩頓首頓首謹奏呀這等重大事情老平章不先通聞畫知朦朧具奏雖然如此也要下官肯押花字（淨怒介）蕭嵩你敢叫三聲不押花字麽（蕭叫三聲不押介）（淨笑介）好膽量呀中書科取過筆來添你一箇通同賣國四字待你伸訴去（蕭背嘆介）同刃相推俱入禍門此事非可以口舌爭之下官表字一忠平時奏本花押草作一忠二字今日使些智術於花押上一字之下加他兩點做個不忠二字向後可以相機而行（回介）老平章息怒下官情愿押花（押介）（淨笑介）我說你沒有這大膽明日蚤朝齊班奏去

功臣不可誣。奸黨必須誅。

此折從正樂時陡出極苦警醒來人第一関

有恨非君子。　無毒不丈夫。

第十九折　歎寵

（堂候官上）鐵券山河國。金牌將相家自家。定西侯盧老爺府中堂候官便是。我家老爺掌管天下兵馬數年。同平章軍國事。文武百官皆出其門。聖恩加禮。一日之內。三次接見看看日勢向午。將次朝回。不免伺候。蚤則夫人到來也。（旦引老旦貼上）奴家崔氏是也。俺公相領謝天恩。位兼將相。欽賜府第一區。朱門畫戟。紫閣雕簷皆因邊功重大。以致朝禮尊隆。休說公相便是。為妻子的說來驚天動地奴家是一品夫人養下孩兒但是長的都與了恩蔭。真是罕稀也。（內作瓦裂聲介）（旦驚介）老孃孃甚麼响。（老旦看介）是堂簷之上一片

賞花時本北調楔子也今作引子唱上故省其一（臧評）

逸

鴛鴦飛碎下來了（旦驚介）呀鴛鴦飛爲何而碎。（貼望介）哎喲一個金彈兒抛打烏鴉因而碎飛。（旦嘆介）聖人云。烏鵲知風蟲蟻知雨。彼肉跳而橫事來。裙帶解而喜信至。鴛鴦者夫婦之情也。烏鴉者晦黑之聲也。落彈者失圓之象也。碎飛者分飛之意也。天呵。眼下莫非有十分驚報乎。

【賞花時】「俺這裏戶倚三星展碧紗。見了些坐擁三台立正衙。樹色遠簷牙。誰近的鴛鴦翠飛金彈打流鴉。」

（內响道介）（旦）公相朝回看酒伺候。（生引隊子上）下官盧生在聖人跟前平章了幾樁機務。

列鼎而食

湊句

尔時崔夫人年巳四十外矣覌讒快折有半老尚多嬌向可見盧生白多譫語豈張京兆所謂閨門之內夫婦之私更有甚于畫眉

畢

喫了。堂食。

回府去也。

[公]俺這裏路轉東華。倚翠華。佩玉鳴金宰相家。新築舊堤沙。難同戲耍。春色御溝花。

[見][介][旦]公相朝回。奴家開了皇封御酒。與相公把一杯。[生]生受了。[內]奏樂[介]俺先與夫人對飲數杯。要連聲叫乾。不乾者多飲一杯。[旦]奉令了。[生]飲[介]夫榮妻貴酒乾。[旦]看[介]公相乾了。到奴家喚。夫貴妻榮酒乾。[生]笑[介]夫人欠乾。[旦]笑飲[介]這杯到乾了。正是小槽酒滴珍珠紅。[生]笑[介]夫人你的槽兒也不小了。[內]鼓[介]報報。聽說人馬鎗刀打東華門出。未知何故也。[生]由他。俺與夫人唱乾飲酒。[旦]飲[介]妻貴夫榮酒乾。[生]夫人。到在上面了。這杯乾。

者一喚削去〔臧評〕

懸鍳点是動才四點處

起語佳〔臧評〕

雜叶音咱

踏叶當加切

景象

的縈待我喚妻貴夫榮酒乾。〔旦〕公相有點了。〔生〕夫人這是酒瀉金莖露滴滴〔旦笑介〕相公你的莖長是涓的〔生笑介〕〔內鼓介〕堂候官〔介〕報報。外面人馬自東華門出來。塡家塞巷。好不喧鬧也。〔生〕且由他俺與夫人叫第三乾。〔兒子走上哭介〕老爺。老夫人。人馬鎗刀濟濟排排。將近府門來也。〔生驚起介〕

【北醉花陰】這些時直宿朝房夢喧襍。整日假紅圍翠匝。鈴閣遠。靜無譁。是潭潭相府人家。敢邊廂大行踏。〔聽介〕〔內呼喝〕叫拿拿〔介〕〔生〕不住的叫拿拿敢是地方走了賊、吸了、獄、旣不呵怎的響刀鎗。人鬧馬。

駕票畫謀不軌比守文疏更甚豊票本時藏奸卯

甘單

（衆扮官校持鎗索上叫衆軍圍住介）貼老旦驚走生惱（介）誰敢無禮。

南画眉序（衆）聖旨着擒拿。（生）是駕上差來的。請了（衆）奏發中書到門下。（生慌介）門下爲誰。（衆）竟收拿公相此外無他（生怕介）原來是差拿本爵。所犯何罪。（衆）中書丞相奏老爺罪重哩。這犯由不比常科。干係着重情軍法。（生）有何負國而至於斯。（官）下官不知。有駕票在此。跪聽宣讀。（生旦跪介）官念（介）奉聖旨。前節度使盧生。交過番將。圖謀不軌。即刻拿赴雲陽市。明正典刑。不許違慢。欽此。（生旦叩頭起哭天介）波查禍起天來大。怎泣奏當今鑾駕。

是夢

發叶方雅切

慢打商量到晚衙遲和疾剄刀一下並佳（藏評）

刲叶音寡

這到明白不似夢

【生】這事情怎的起呵。

【北喜遷鶯】走的來風馳雷發。半空中沒個根芽。【生】待我面奏訴冤。【衆】閑上朝門了。【生】爭也麼差。着俺當朝闌駕。你省可的慢打商量。「咱到晚衙。」【衆】有旨不容退衙。【生】哭介夫人。夫人。吾家本山東。有良田數頃。足以禦寒餒。何苦求祿而今及此。思復衣短裘。乘青駒行邯鄲道中。不可得矣。取佩刀來。「顛不刺自裁刲。」【生作刎旦救介】【衆】聖旨不許自裁。要明正典刑哩。【生】是了是了。大臣生也明白。死也明白。夫人牽這些業畜。午門前叫冤。俺市曹去也。遲和疾剛刀一下。便違聖旨。除死

起二語佳

〔藏評〕高公甚有祖當勝蕭裴多矣

好

南曲亦好

〔藏評〕此曲妙入自然三昧矣

無加。〔下〕
〔高力士上〕吾爲高力士。誰教老尚書。今日爲
斬功臣。閑了正殿。看有甚麼官員奏事來。〔旦〕
〔同兒上〕相公市曹去了。俺牵兒子午門叫冤
去。十步當一步。前面正陽門了。〔叫介〕萬歲爺
爺冤苦哪。〔高〕萬歲爺爲斬功臣。俺了正殿。誰
敢囉唣。〔旦〕奴家是盧生之妻。誥封一品夫人
崔氏。領這一班兒子。來此叫冤呵。〔高背嘆介〕
滿朝文武。要他妻兒叫冤。可憐人也。〔回介〕盧
夫人麽。有何冤枉。就此鋪宣。〔旦叩
頭介〕萬歲萬歲。臣妾崔氏伸冤。
〔南畫眉序〕宿世舊冤家。當把盧生活坑煞。有甚
駕前所犯。喫幾個金瓜。把通番罪名暗加。謀叛

刹叶抽鮓切此曲全似元人下有幺篇删之（臧評）

事關天當要。[合]波查。禍起天來大。怎泣奏當今鑾駕。

[高哭介]可憐可憐。你在此候旨。俺爲你奏去。[旦]在此榭土爲香。禱告天地。[拜介]崔氏在此叫寃。天天撥轉聖人龍威。超拔兒夫狗命阿。這許多時。還未見傳旨。[高同裴光庭上]聖旨到。既盧生有寃。着裴光庭領敕。往雲陽市免其一死。遠竄廣南崖州鬼門關安置。即刻起程。謝恩。[高哭介]可憐可憐。哭鶴無情聽。啼鳥有敕來。[下][内鼓介]衆綁押生四服褁頭上。

北出隊子

[生]排列着飛天羅刹。[扮劊子尖刀向前叩頭介][生]甚麼人。[劊]是伏事老爺的劊子手。[生怕介]嚇殺俺也。看了他捧刀尖勢

甘
單

不佳。【創】有個一字旗兒。稟老爺插上。【生看介】是個甚麼字。【衆】是個嶄字。【生】恭謝天恩了。盧生。只道是千刀萬剮。卻只賜一個斬字兒。領戴領戴。【下鑼下鼓插旗介】【生】逢席之下酒筵爲何而設。【衆】光祿寺擺有御賜因筵一樣插花茶飯【生】是了。這旗呵當了引魂旛。帽插宮花。鑼鼓呵。他當了引路笙歌赴晚衙。這席面呵。當了個施艷口的功臣筵上鮓【衆】趁早受用些。是時候了。【生】朝家茶飯。罪臣也喫勾了。則黃泉無酒店。沽酒向誰人。罪臣跪領聖恩一杯酒。【跪飲介】怎咽下也。

【么】暫時間酒淋喉下。還望你祭功臣澆奠茶【衆】相

好想頭

角音姣

角叶音寡
做官的着眼

公領了壽酒行罷（生）叩頭（介）罪臣謝酒了（衆）噉看的人一邊些誤了時候（生）綁行（介）任他前遮後擁鬧嚌嚌喳擠的俺前合後偃走踢踏難道他有甚麽刼塲的人也則看着耍」（衆斗鑼鼓介）（生問介）前面旛竿何處（衆）西角頭了

（南滴溜子）旛竿下旛竿下立標爲罰是雲陽市雲陽市風流洒角（衆）休説老少甚麽朝宰功臣（文勲武伐）（多是那爺一位）這答套頭兒（不）稱孤（便）道寡（用些膠水摩髮）滯了俺一（休撓着）手吹毛到頭也沒法（我明晃晃尖刀吹毛斷髮）

此曲亦佳莠有一二不叶處今改定（一藏評）

（生惱介）掙斷綁索介

【北刮地風】呀討不的怒髮衝冠兩鬢花。（劊做摩生頸介）老爺頸子嫩。不受苦。（生）咳把似你試刀痕。俺頸玉無瑕雲陽市好一抹淩烟画。（衆）老爺也曾殺人來。（生）哎也。俺曾施軍令。斬首如麻。領頭軍。該到咱。（衆）這是落魂橋了。（生）幾年間回首京華。到了這落魂橋下。（內吹喇叭介）（劊子搖旗介）時候了。請老爺生天。（生笑介）則你這狠夜叉也閑吊牙。刀過處生天直下。哎也。央及你斷頭話須詳察。一時

會。嗑。牙。甚。

閑　再休想片

頷去声
痴子

嚇叶音臭

刻(莫)得(要)爭差。把俺虎頭燕頷高提「下」。懸掛 怕血淋
浸展污了(俺)袍花
(衆)咾爺跪下。(生跪受綁)(劊磨刀介)(內風起介)
(劊)好風也刮得這黃沙呟喲。老爺的頸子在
那裏。(摩介)有了。老爺挺着。(生低頭劊子輪刀
介。)(內急叫介)聖旨到。留人留人。(裴領旨同旦
急
上)

(南雙聲子)天恩大。天恩大。嗚宪鼓。由人打。皇宣
下。皇宣下。雲陽市「告了假」。誰提振 省刑罰。省刑罰。躭驚
嚇。「躭驚嚇」。一刻絲兒(放)故 人刀下。

此處不宜譜

崄音險
抹叶音罵
好

老蕭何也放的下淮陰胯可憐煞將軍戰馬並佳（藏評）

聖旨到。盧生罪當萬死。朕體上天好生之德。量免一刀。謫去廣南鬼門關安置。不許頃刻停留。謝恩。（放綁介）（生倒地叩頭萬歲介）（生受聖人大恩了。來者是誰。（裴）是小弟裴光庭。（生賢弟賢弟。俺的頭可有也。（裴）待我瞧。（瞧了拍介）老兄好一個壽星頭

北西門子（生）猛魂靈。寄在刀頭下。荷荷荷。還把俺崄頭顱。手自抹。裴年兄俺閑口相問。奏本秉筆者宇文公。也要蕭年兄肯畫知。（嘆介）要題知。斬字下連名他相伴着中書恁押花。（裴）敢蕭年兄也不知（生）難道難道則怕老蕭何也放的下這淮陰胯（風起嘆介）看了些法場上的沙血場上的

徒亂人意用薛琮事佳（一）〔藏評〕

情景俱真

妙在南曲中足稱上乘矣〔藏評〕

花、可、憐、煞、將、軍、戰、馬。〔裴〕老兄與嫂嫂在此敘別，小弟回聖人話去，小心烟瘴地，回頭雨露天。請了。〔下〕〔旦哭介〕怎生來。話兒都說不出來。奴家有一壺酒。一來和你壓驚。二來餞行。〔生〕早人見過那些御囚茶飯。早醉飽也。〔旦〕兒子都在午門叩頭去了。等他來瞧一瞧去。〔生〕由他。由他。他來徒亂人意。夫人不要他來相見罷了。〔旦哭介〕俺的天呵。也把一杯酒。畧盡妻子之情

〔南鮑老催〕唏唏嚇嚇。〔酒杯驚跌介〕〔旦吱喲介〕戰兢兢把不住。臺盤滑。撲生生遍體〔上〕寒毛乍。吸廝廝廝〔也〕哭的聲乾啞。〔內鼓介〕〔內叫〕盧爺快行。快行。有旨着五城催促。不可久停。〔末小旦扮兒子

搭叶音打
剳叶莊尾切

單

哭上我的爹呵。旦這都是你兒子。怎下的去
也。生是你婦人家不知。朝廷說我圖謀不軌
如今安置我在鬼門關外。罪配之人。限時限
刻。天呵。人非土木。誰恐骨肉生離。則怕累了
賢妻。害了這幾個業種。到爲不便。兒
扯要同去介生去不得也。兒同哭介眼中兒
女、空勾搭。脚頭夫婦難安劄。同死去做一榻
旦悶倒生扯介
北水仙子呀呀呀。哭壞了他。扯扯扯。扯起他。且
休把望夫山立着化。衆兒哭介生苦苦苦。苦的這男
女煎喳痛痛痛。痛的俺肝腸激刮。我我我。瘴江

你做夫人也着生寡兒女塲中替不得咱亟佳（藏評）

末句是予改以就腔臨川調何如（藏評）

邊死没了渣。你你你。做。夫人。權守着生寡。（旦）你且瞧瞧兒子麽（生）罷罷罷。兒女塲中替不得咱。好好好。這三言半語告了君王假。我去請了（旦哭介）相公那裡去（生）去去去。那無鴈處海角天涯。（虛下）（旦哭介）兒子回去罷。難道爲妻子的不送上他一程。

【南雙鬭鷄】君恩免殺。奴心似剮。没個人兒和他。和他把包袱打。大臣身價。說的來長業煞。枉自有。到頭來也沒法。

（生上見介）夫人你怎生又趕上來。（旦）爲你没個伴當。放心不下。我袖了半截銀錁子。你路

不似宰相詰的是窮囚模樣

北稱且末雙全蓋謂有唱有做對折得之〔藏評〕

詩用哭相思念法〔藏評〕

甘單

上顧覓(生)罪人誰敢相近。我獨自覓食而行

你還拿這半截錁子回去買柴糴米休得苦了兒女呵

(北尾)罪人家。顧不出個人兒罷。我還怕的有別樣施行咱。夫人夫人你則索小心兒守着。我萬里生還。也〔以〕朝(上)馬。

十大功勞誤宰臣　鬼門關外一孤身

流淚眼觀流淚眼　斷腸人送斷腸人

第二十折　讒快

入說盧生巧落咱圈套妝予所改此原詞覺勝（臧評）

所謂覆巢之下豈有完卵也

【縷縷金】（宇文笑上）口裏蜜。腹中刀。奸雄誰似我逞英豪。（入說盧生巧落咱圈套）來的遵吾道。那般痴老。一萬重烟瘴怎生逃。家門盡休了。（又）

學生「讒臣」宇文融便是。一不做。二不休。盧生那廝。開河三百里。開邊一千里。可謂挾天擁聖。大功臣矣。被我奏他通番謀叛。押斬市曹。可恨他妻子清河崔氏。奏免其死。竄居海南烟瘴地方。那裏有個鬼門關。怎生活的去。中吾計也。中吾計也。則那崔氏。雖一婦人。留在外間。還怕有他蕭裴同年。撥置生事。我昨密奏一本。崔氏乃叛臣之妻。當没爲官婢。其子叛臣之種。俱應竄去遠方。聖旨准奏。其子隨便居住。崔氏没入外機坊織作。得了此旨。即

臧增宇一曲我權勢正當朝不除他恨怒消雖然是兒門關外生還少他還有同年是蕭中官是高萬一個回天轉日重宣召合前不增此一曲宇文相何以下場〔臧評〕

甘單

刻差官京城巡捉。使星夜將崔氏囚之機坊

將他兒子撚出京城去。好來回話也。〔大使上〕

兼充五城使。未入九㴱官。稟老爺回

話。〔宇〕拿崔氏到局坊去了。〔使〕容稟。

〔黃鶯兒〕半老尚多嬌。聽恂拿。粉淚漂。我穿通鴛

上人驚倒。家私盡抄。兒女盡逃則一名犯婦今

收到〔合〕「好輕敲」。（莫輕饒）把冤家散「了。（打）長是樂陶陶」。（永絕禍根苗）

〔宇〕你這個官兒到能事。記你一

功。送吏部紀錄去。〔使叩頭謝介〕

殺人須見血　立功須要徹。

都是會中人　不勞言下說

可作南廣地理志

第二十一折 備苦

（淨扮賊上）臉上幾根毛。借號鬼頭刀。小子連州人。一生剪徑。這幾日空閑。有個兄弟在古梅村。尋他幹事去。（行介）兄弟在家麼。（丑扮賊上）半生光浪蕩。混名下別上。（淨）怎生叫做下別上。（丑）但是討實。沒有的不管死活。從頭下一別別上去。（淨）快當快當。兄弟這幾日空過怎好。（內虎吼介）（丑）虎來了。和哥哥前路等人去。誰知虎狼外。更有狼心人。（下）（生傘上）行路難。行路難。不在水。不在山。朝承恩。暮賜死。行路難。難有如此。我盧生身居將相。立大功勞。免死投荒。無人敢近。一路乞食而來。直到潭州州守。同年。偷送一個小廝。小名呆打孩。背負而來。過了連州地方。與廣東接界。只得拚命前去。那小廝也走動些麼。（叫介）呆打孩呆打

凌雲臺二句佳（臧評）

甘單

狹。（童擔上走）乏了。秀才挑了去（生）你再挑一程兒麽（行介）

（江兒水）眼見得身難濟。路怎熬。凌雲臺畫不到。這風塵貌。玉門關。想不上崖州道。（童）腦領上黑碌碌的一大古子來了。（生）禁聲、那是黑碌碌瘴影天籠罩。瘴氣頭。號爲瘴毋。（嘆介）和你護着嘴鼻過去、（走介）好了。瘴頭過了。（童）又一個瘴頭（生）怎了怎了。這裏有天難靠。北地裏堅牢。偏到的南方壽夭。（內虎嘯介）（童哭介）大虫來了。走不動（生）着了瘴麽。有甚麽大虫。（童）那不是大虫。（虎跳上生驚介）天也。天也。

下曲臧改 這是山猫野豹只見他白額金睛那擲咆哮鋼牙如列戟利不似排刀

忒忒令乃慢板曲也見虎時宜暇唱挨故予改五供養且便後曲接調（臧評）

如今書生倒有吃老虎的誰肯做東道

黃羅凉傘等句皆是醒悟語（臧評）

（忒忒令）「是不是山精野猫。觀模樣定然爲豹」古語云乃不斬無罪之漢。虎不食無肉之人。咱盧生身上無肉也。（童）我呆打孩一發瘦哩（生）（瘦）書生怎做得（這）一飡東道「賽得過」撲趙盾小（我這瘦弱安不是救刘皇的驴馬多敢則）

神獒（虎跳）（介生）「怎生不轉額前來跳」。意見不好。（兩次三迴）

虎有三步打。待咱張起傘來（張傘作鬪介）（内吽）畜生不得無禮。（虎咬童下）（生哭介）大虫拖去呆打孩了。且獨自行去（行介）我閑想起來朝中黃羅凉傘。不能勾遮護我身。這一把破雨傘到遮了我身。滿朝受恩之人。不能替我的命。到是呆打孩替了我命。看來萬物有緣哩。（丑淨持刀趕上）漢子那裏去。（生驚介）往海南的。（丑）討寶來。討寶來（生）貧子有甚麼寶。

【五供養】雨衣風帽。念盧生出仕在朝。〔淨〕在朝一發。有寶了〔生〕些須曾有寶盡被虎狼餐。〔丑〕難道老虎連金銀都吃了討打討打。〔刀背打介〕〔生〕不要打。小生也是個有意思的人。〔丑〕要你有意思做甚那〔生〕小生是個有功勞之人。〔丑〕功勞中什。用。討實來。〔生嘆介〕咳我想諸餘不要。則買身錢。荷包在「腰」〔怎討〕誰人知意思何處顯功勞罵你一聲黑心賊盜〔丑〕沒有寶。又罵我賊盜。剔上宰了。〔殺生介〕生作死介〔丑〕前生有今日。來歲是周年。〔下〕〔生〕醒介〕哎喲。這頸子歪一邊去。濕淋侵怎的〔看介〕是血哩。誰在我頸頦下抹了一刀。喜的不曾

盧生受苦處亦足矣又溺海得脫便覺頭腦太冬烘並曲刪之〔臧評〕

刪〔臧評〕

刪〔臧評〕

斷喉。且把頸子掙。正起來。（掙起正頭叫疼介）呀原來大海子。（望介）（疼介）恰好一隻船兒也。（舟子上）何來血腥氣。觸汚海潮風。漢子救你一命。（衆不許生上介）（舟子勸上介）

【玉劊子】（衆）是烏鱧還是白鱧。浪崩天雪花飛到。（丙風起介）颶風起了。惡風頭。打住篷梢。似大海把針撈。（生）好了。前面青山一帶。是海岸了。（舟）哎喲鯨魚晒翅。黑了天。這船人休了。（衆哭介）浮萍一葉。希帶我殘生浩渺。

【江神子】則道晚山如扇插雲高。怎開交。遇鯨鰲。則他眼似明珠。懾懾的把人瞧。翅邦兒何處落

為盧生據了一船宜乎世俗不挈帯失時人也

似夢

刪止（臧評）

奇

纔一閃。命秋毫。

（丙）普魯空空聲介（衆）壞了（船）覆衆下介（生）得木板漂走哭上介哎喲。天妃聖母娘娘。一片木板兒。中甚用呵。（風）起介好了好了。（一陣）颶風來。前面是岸。儘力跳上去。跳介謝天謝地（丙）大風吼介（生）抱頸介哎。緊巴着這頸子。可吹不去呢。（風吼哭介）吹去頸子怎好。靠着石亭子。倒了去也。倒介扮衆鬼上各色隨意舞弄介（末扮天曹上）衆鬼不得無禮。呀。此人有血腥氣。（看介）原來頦下刀傷。將我一股髭鬚替他塞了刀口。（鬼替掙髭鬚塞口諢介）（天曹）盧生聽吾分付。二十年丞相府。一千日鬼門關（下）（生醒介）哎喲。好不多的鬼也。分明一人將髭鬚塞了頦下刀口。又報我二十年丞相府一千日鬼門關。呀。眞個長下髯子了。（扮二樵

此二折是以極苦形出回朝極樂

〔夫黑臉蓬頭繩拴打歌上〕打柴打柴打打打子柴。萬鬼臺前一樹槐。〔生驚介〕又兩個鬼來了。〔樵〕是黑鬼。〔生〕一發嚇殺我也。〔樵〕我們是這崖州蠻戶。生來骨髓都黑。因此州里人。都叫做黑鬼。我是砍柴的。〔生〕原來這等。你這裡白日有鬼。〔樵〕你不看亭子大金字。〔生看念介〕呀。盧生到了鬼門關。眼見無活的也。〔樵〕你是何等人。自來送死。〔生〕我是大唐功臣。流配來此。〔樵〕州裡多見人說。有大官宦趕來。不許他官房住坐。連民房也不許借他。〔生〕好苦。〔樵〕可憐可憐。我碉房住去。〔生〕怎生叫做碉房。〔樵〕你是不知。這鬼門關大小鬼約有四萬八千。但是颶風起時。白日裡出跳。則是鬼矮的離地三寸。高的不上一丈。下面住。鬼打攪得荒。我們山崖樹杪。架些排欄。夜間護着個四德狗子睡。〔生〕怎生叫四德徇子。〔樵〕他一德咬賊。二德咬

黄閣尚不堪安身倒向碉房借住正與前黄羅傘意合曲亦省其一取點景而已（臧評）

趣甚妙甚

甘單

野獸、三德咬老鼠、四德咬鬼、生罷了罷了、沒柰何護着狗子睡了則我被傷之人。碉不上去、燋繩子

擡罷擡介

【清江引】狗排欄。架造無邊妙。個裡難輕造。山崖陡又高。棘刺兒尖還俏。黑碌碌的回回。直上到抄。

【前腔】八人擡。坌煞那團花轎。這様還俑俏。草繩繫着腰。黑鬼兒。梭梭跳。這敢是老平章到頭的受用了。

逃得殘生命。鷦鷯寄一枝。

情知不是伴。事急且相隨。

艱苦備嘗炎涼倏忽楷寫曲盡

袁中郎云若道學先生又道是上

天玉成人無入不自得了必須請

他到此一過乃不是空頭話

第二十二折　織恨

末扮機坊大使官上平生不作皺眉事天下應無切齒人。自家京城巡捉使。爲抄劄盧家有功。超升外織作坊一個大使。此乃當朝宰相。宇文老爺之恩也。老爺還要處置盧家但是他夫人織造粗惡。未完事件。都要起發他一場。想起來也是個一品夫人。大使官多大。去凌辱他。想介有計了。督造太監將到。攛掇他去凌辱便了。在此伺候。丑扮內官上本是南內押班使。帶作西頭供奉官。吾乃掌管織造穿宮內使便是。好幾個月不曾下局。大使何在。末見介公公下局。小官整備茶飯伺候。丑你知近日朝廷有大喜事麼。末不知丑乃

織處寸腸挑盡語佳（藏評）

甘單

是吐番國降順中華帶領西番一十六國賫子來朝所賫錦段賞犒不貲故來催儧你可知事〔末〕小官知事只是外機坊錢糧有限無可孝敬公公〔丑〕惱〔介〕不孝敬公公麽多大的孫子哩〔末〕不敢說有一塲大孝敬只要老公公消受得〔丑〕甚麽大孝敬〔末〕老公公半年不到此間有個織婦係盧尚書妻小那尚書積貫通番得些寶貝玉珍珠都在那妻子手裏〔丑〕難道他雙手送來〔末〕馬不吊不肥人不吊不招吊將起來就招了〔丑〕我內家人心慈〔末〕小官打耳聅子〔丑〕着憑仗太監公公欺負盧家媽媽〔下〕

〔齊破陣〕〔旦貼抱錦上〕一旦內家奴婢十年相國夫人

零落歸坊淋漓當戶織處寸腸挑盡怎禁得咿

此詞置詩餘中亦不減秦淮海也【藏評】

真好

此見幽閨記天不念曲本自雜唱而臨川句字尤多舛謬今改正【藏評】

軋機中語待學個回環錦上文啼殘雙翠顰

【嫦人嬌】小纖機坊烟鎖幾重簾箔挑燈罷停梭夢着流人江嶺半夜歸來飄泊宮墻近也又被啼烏驚覺 望斷銀河心緬邈恨蓬首君然織作天寒翠袖試綵鴛雙掠正脉脉秦川迴文淚落奴家盧尚書之妻清河崔氏兒夫罪投烟瘴奴家没入機坊止許梅香一人相隨暗想公相在朝夫榮妻貴府堂之內奴婢數百餘人奴有金貂婢皆文繡誰知一旦時事變遷這也不在話下了只是夫離子散好不傷心呵

【漁家傲】機房靜織婦思夫痛子身海南路嘆孔雀南（孤）飛海圖難認【貼】到宮譜宜男雙鴛處怕鈿

得織出双死宮樣錦細細的商量

好甚

末句是當行語〔藏評〕

此曲臧改剔銀灯後〔藏評〕

甘單

愁暈梅香呵昔日個錦簇花園今日傍宮坊布裙

〔合〕問天天怎舊日今朝今朝來是兩人。

〔旦〕在此三年滿朝仕宦沒箇替

相公表白冤情〔貼〕好苦好苦。

攤破地錦花

〔旦〕大冤親把「錦片似前程」却一謎

貝錦成雠纍

謎塵白日裡黑了天門待學蘇妻織錦迴文〔合〕

奏明君倘然問有見日分

〔貼〕夫人織錦迴文獻上御覽召還相公亦未

可知筆硯在此先填了詞好上樣錦〔旦寫介〕

宮詞二首調寄菩薩蠻待我鋪了金縷朱

絲梅香班織〔貼〕是如此〔旦鋪錦上織介〕

異錦

末語佳（藏評）

停梭憶遠人用得却好（藏評）

【剔銀燈】無情緒絲頭亂厮厮。引無斷倒挑絲兒厮認。一縷縷金襯着。一絲絲柔腸恨。一字字詩隱着。一層層花毬暈。（合）廻文玉纖抛損。一溜溜梭兒攛過淚（墨）痕。

破地錦花改此

（内喝介）（貼）催錦的官兒將到。夫人趲起些。

【麻婆子】織就織就官錦。上「辭兒受苦辛」（衷情苦自陳）。蟋蟀蟋蟀天將冷。停梭（悵）（憶）遠人。穿花錦滴淚眸昏。「一勾」（怕机）絲「到得天涯」（有盡情難）盡。（内喝）（介）（合）促織「人催緊愁殺病官身」（何緊憔悴不堪論）。

踈枝暗香千古咏梅棄句大使〻熱鬧之暗香等諢〻不惡（藏評）

【粉蝶兒】（末同丑响道上）帽帶餛飩（穩紮）高帶着牙牌。風韻。

【末】已到機房。【丑】還不見機戶迎接。可惡可惡。【貼】（慌介）督造內使來到。夫人患難之中。只索迎接。【旦】我乃一品夫人。有體面的。你去便了。【貼】（應跪接介）機戶迎接公公。【丑】（笑介）好好起來起來。你就是盧夫人哩。【貼】機戶叫做梅香。【丑】（問末介）怎麼叫做梅香。【末】梅香者。丫頭之總名也。春間討的是春梅。冬天討的是冬梅上害喇驢的叫做喇梅。這不知是盧尚書那一時討的。總名梅香。【丑】（笑介）梅香梅香。有甚香處。【末】梅香者暗香也。都在衣服裡下半截（低介）吊起那一陣陣香。滿屋裏來。【丑】（低介）你纔說珠寶一事。這丫頭可知。【末】他是盧尚書的通房。怎生不知。【丑】（嘆介）則他便是盧尚書通房。其實欠通。【末】不要管他。只聽我說一句

用千字文作諢語元劇中亦有之（臧評）

你發作一番便了。（丑）領教了。（見介）盧家的那裏。（旦）公公少禮。（丑惱介）哎喲，你是管下的機戶，不磕頭，却叫公公少禮。難道做公公的你處磕頭不成？且擡犒賞夷人的錦段來瞧。（末）千字文編號，有個八段錦，犒賞夷人字號，宣威沙漠，臣伏戎羌，每個字號，該錦八疋，八八六十四疋。（丑）呈樣來。（貼呈錦介）這宣威沙漠的樣錦。（末耳語介）（丑）呀，錦文麤薄，不中不中。（貼又呈錦介）這是臣伏戎羌的錦。（末耳語介）（丑）忒軟了。（貼）公公是不知，這宣威沙漠字號的錦，就要紗一般薄；臣伏戎羌的錦，就要絨一般軟，軟的都是欽降錦樣兒。（丑問末介）敝是欽降的，你去點數來。（末點介）只有七七四十九疋，少造了八八六十四疋。（丑惱介）好打哩。（做打介）（貼遮旦哭介）

此另起調宜照散套雲雨阻巫山詞景凄凉漸迤邐二曲唱方得[藏評]

好甚

甘單

普天樂犯錦官院把時光儘織作署風雷迅。（織作署時光害又春著你曾造使誅求嗳。）[末耳語介][丑]是這錦上絲文長是斷的。且他作官（做人）不打正身。打這了頭傷春懶慢[旦]（如有）身甚傷春到是俺縷金絲腸斷懷人。（為兒夫）[末耳語介][丑]是哩懷人便是傷春傷春便（乇之）懷人好打[旦背哭介]（机中）織錦字字縈方寸。怎覷的一絲絲都是淚痕滾（珠）[回身指]恨無端貝錦（織官詞貴綾）[末介]（幸勤。也只顧天冷閑把愁懷早伸）胡云[介][指錦]似這官錦如雲。甚干忙要巴巴羯羯你這內家人

[末背嘴介]婦人罵老公公哩。罵你巴。又罵你羯狗好發作了。[丑惱介]呀。偏我巴你不巴。我

口吻極肖

此諢應出之末口

是臨川諢語【臧評】

鶡你不鶡。本待不尋思你。不怕不尋思。你待我親自問他。那囚婦過來。聽是你丈夫交通番國。有實玉珍珠多少。拿送公公鑲帽頂。鬧粧鸞帶可好。【旦】家私都打沒了。那討哪。【末】耳【介】【丑】是了。馬不吊不肥。人不打不招。先把梅香吊起來。【吊介】【末】假救【介】老公公休打他。他自招來。【丑】打貼不伏【介】哎喲。寶貝都沒有了。珍珠到有些兒【丑】在那裡。【貼】褡窩裡溜哩。【貼】尿諢【介】【丑】這是梅香下截的香竄將出來了。【內】喝道丑末慌【介】司禮監公公嚮道了。【走介】

金鷄叫【高上】

帽擁貂蟬紅。玉帶蟒袍生暈。可憐金屋裏有向隅人。何日金鷄傳信。

自家高力士便是。【嘆介】我與平章盧老先生交遊有年。一旦遠竄烟方。妻子沒入外機坊

送醬菜是太監礼物（戲評）

為織婦傳神

巧妙之極

織作。〔嘆介〕好些時不曾看得他。知他安否。〔丑末跪接介〕督造機坊內使大使叩頭迎接老爺。〔高〕去〔進見介〕〔高〕夫人拜揖。〔旦〕不知老公公出巡。妾身有失迎接。〔高〕幾番遣人送些醬菜時鮮可到呢。〔旦〕都領下了。〔哭介〕老身好苦也。

〔朱奴兒犯〕機絲脆。怕弸忙摘緊。機絲潤。看雨暄風熅。又怕展汚了。幾夜殘燈燼。奴便待儘時樣花文帖進。〔高〕使得使得。〔旦〕奴家還有一言告稟。官錦之外。奴家親手製下粉錦一端。廻文宮詞二首。獻上御覽。也表白罪婦一片苦心。〔高〕這不妨。便與獻上御前。或有回天之喜。〔合〕淒涼運。憑誰問津。問天公。怎偏生折罰〔罰〕

（幾時脫身）（我）

尾改白前以接上曲〔臧評〕

這○弄○梭○人○

〔貼〕哭叫介老公、饒命〔高〕夫人饒了這丫頭罷〔旦〕不是老身難爲他不敢訴聞都是貴衙門督造内使〔高〕怎的來〔旦〕到這裡也不催錦也不看錦只是打鬧討寶貝若干珍珠若干老公公你說罪犯之婦那討呵〔高〕惱介原來這等小的兒快放下來〔丑忪鬆綁介〕〔高〕軍校帶着小的衙門伺候〔拿丑下介〕也是大使作弄他〔高〕連那大使拿着〔拿介〕

〔尾聲〕〔高〕縷金箱點數了〔旦〕隨宜進〔旦〕聒殺人那促織兒聲韻〔高〕夫人老尚書呵終有日衣錦還鄉你心放穩

抛殘紅淚濕𦃃紗　織就龜文獻內家

但得絲綸天上落　猶如錦上再添花

第二十三折　功白

〔六麼令〕〔宇文同蕭上〕〔宇〕龍顏光現。探龍珠。怕醒龍眠。〔蕭〕五雲高處共留連。黃閣老。紫薇仙。〔宇〕萬年枝上葫蘆纏。又

〔蕭〕老相公怎麼說個葫蘆纏。〔宇笑介〕脚不纏不小。官不纏不大哩。今日諸番侍子來朝。聖上御樓受賀。實乃滿朝之慶也。〔蕭〕好。裴年兄以中書侍郎掌四夷館事。前來引奏。必有可

觀

前腔　裴上　天朝館伴盡華夷。押入朝班。雕題侍子漢衣冠。同舞拜金鑾。長呼萬歲天可汗。○○○又

裴　三位平章老先生請了。今日侍子趨朝。君王受賀。舊規光祿寺排筵宴。織作坊賜文錦。俱已齊備。恭候駕臨。宇　衆侍子禮當丹墀站立。各侍子上　古魯古魯力喇力喇。近隨漢使千堆寶。少答戎王萬疋羅。宇　分付諸番侍子門外候駕。各侍下內响仗介

夜行船　上引高力士衆上　日華高罩長明殿。遶垂旒。萬里江山。五國單于。三韓侍子。都俯伏在丹墀北

面。
宇蕭見介裴見介中書侍郎掌四夷館事臣
裴光庭謹奏。我王有吐番國侍子領西番諸
國侍子朝見。高傳旨侍子丹墀下聽旨。裴呼
萬歲介宇蕭裴恭賀萬歲。天威遠播。臣等謹
排御筵。奏上千
秋萬壽。進酒介
好事近花舞大唐年。馨歡心。太平重見。喜一天
鋪滿和風甘雨祥烟。齊天福壽。聽海外謳歌。來
停鑾駐輦愛普天率土
朝獻。御樓前。細樂風傳。玉盞內。金盤露偃。
內唱諸番侍子進酒。侍子上古魯古魯力喇
力喇。吾。乃。吐。番。大。將。熱。龍。莽。之。子。俺父親當

結天山帛書大關目

末語佳（藏評）

年戰敗。爲盧元帥追勦。危急之際。白雁題書求他撥轉馬頭。放條歸路。書云。莫教飛鳥盡留取報恩環。今日遠聞盧元帥到爲咱父親之故。負罪銜冤。父親不忍。啟奏番王。着咱充爲侍子。領帶各番侍子來朝。奏對之際。辯雪其冤。報恩之環。正在此矣。今當見駕。不得造次。（衆古彖介俯伏呼萬歲萬歲萬萬歲叩頭起舞介）

【千秋歲】好堯天單照着唐朝殿。十二柱金龍（爪）齊現。疊鼓聲喧。鬧單單。做一字兒壽星來獻。回回舞。婆羅旋。錦帽上花枝（低）顫。舞袖斑斕。捲做獅蹲象蹺。俯伏堦前。

此節度盧生與下盧生之妻照應（臧評）一

侍子們上天可汗萬萬歲一杯酒。〔上〕勞你們國中遠來。寡人何德致此。各言其故。〔侍〕以前諸國。侍山川。自外王化。自經盧元帥西征諸番震恐。方知螢火難同日光。敬遣小臣。聽天朝賀。〔上〕原來如此。豈非前節度使盧生乎吽內侍。將欽賞花文錦疋唱數分給了。起四夷館筵宴。〔高唱禮介〕侍子朝門外領賞叩頭〔侍子叩頭呼萬歲介〕自識天朝禮。方知將帥功。〔下〕〔高數錦介〕侍子跪聽。須錦細法真紅大百花四疋。緋紅天馬六疋。青紫飛魚八疋。翠池獅子錦十疋。八答雲雁錦二十疋。簇四金鵰錦三十疋。大窠馬打毬錦四十疋。天下樂錦五十疋。犒設紅錦一百疋。敬萬歲爺。夷人官錦欽依散完。官錦之外。餘下一端。〔上〕取來寡人觀之。〔看介〕原來織成幾行字在上面。〔念介〕詞寄菩薩蠻。○梅題遠色春歸得。遲鄉瘴

裴亦有心

從來九重蓋爲有至此尚不知者

嶺過愁客。孤影雁回斜。峯寒逼翠紗。窻殘抛
錦室。織急還催織。錦官當夕情。啼斷望河明。
○還生救泣人天望。雙成錦疋孤鸞悵。獨泣
見誰憐、流人苦瘴烟。生親還棄杼。鴛配關河
戍遠。心天未知。人道救來時。【裴跪介】臣覽此
詞、可以迴文讀之。【念介】明河望斷啼情夕。當
官錦織還催急。織室錦抛殘。窻紗逼翠寒峯
斜回雁影。孤客愁過嶺。瘴鄉遲得歸。春色遠
題梅。○時來救道人知未天心遠戍河關配
鴛杼棄還親生烟瘴苦人流憐誰見泣獨悵
鸞孤疋錦成雙望天人泣救生還。【上】奇哉奇
哉。看錦尾必有名姓。是了。外織作坊機戶臣
妾清河崔氏造進。呀。清河崔氏何人也。【裴】前
征西節度使盧生之妻。【上】呀。原來盧生家口
入宮爲奴。傷哉此情可以赦之。【宇】啟上我王。
盧生通番賣國。罪不容誅。【上】蕭卿以爲何如。

蕭嵩本意

原傳此本出宇文融袖中殊失休冝改力士取上贓評

結花押公案盧生家口入官三年尚自不知此却在時英断点天使然也

甘單

〔蕭〕聽此侍子之言。盧生乃奸臣也。〔宇文惱介〕呀。蕭嵩爲臣。反復不忠。萬歲可斬誅之。〔上〕他如何反復不忠。〔宇〕論盧生本頭有蕭嵩名字。〔蕭〕臣並無押花。〔宇〕臣袖有原本在此呈上。〔高接本上覽介〕平章軍國大事臣宇文融同平章事門下侍郎臣蕭嵩謹奏。呀是有蕭嵩之名。再看奏尾呀蕭卿押有花字。何得推無。〔蕭〕此非臣之眞正花押。〔上〕怎生是眞正花押。〔蕭〕臣嵩表字一忠。平日奏事。花押草作一忠二字。及搆陷盧生事情。宇文融頭先造下連名奏本。協同臣進臣。出無奈押此一花。賭于一字之下忠字之上。加了兩點。是個不忠二字。見得宇文此奏大爲不忠。非臣本意。〔宇〕萬歲看此人賣友欺君。當得何罪。〔上怒介〕呀宇文融。與盧生同時將相。掩蔽其功。譖以大逆欺君賣友。非融而誰。高力士與我拿下。〔高〕綁宇

不放題目二字

臨川爲南尾得体者止此耳（臧評）

哎喲這難題目輪到我做了到頭終有報來早與來遲。［下上］蕭裴二卿傳旨。差官星夜欽取盧生還朝。拜爲當朝首相妻崔氏。即時放出。復其一品夫人。仍賜官錦霞帔一襲。諸子門蔭如故。［嘆介］寡人若非吐番諸侍子之言呵。

【尾聲】十大功臣不雪的寃。且（和）（俺）疎放他滿門良賤。［衆］這是主聖臣忠道兩全。

盆下無由見太陽　南冠君子竄遐荒

忽然漢詔還冠冕　計日應隨鴛鷺行

第二十四折 召還

水讀作始用海南人語也

抱虎容易放虎難勢必至此

此詩家所謂險韻也臨川

【趙皮鞋】出身原在國兒監。趂食求官口帶饞。蛇羹蚌醬飽腌臢。海外的官箴過得鹻。

（司戶官上）小子崖州司戶。真當海外天子、長夢做個高官。忽然半夜起水。好笑好笑。一個司戶官兒怎能巴到尚書閣老地位、不想天吊下一個盧尚書。來此安置。長說他與朝廷相知。還有欽取之日。小子因此再也不難爲他。誰想上頭沒有了他的路。昨日接了當朝宇文丞相密書。說他最恨的是盧尚書。叫我結果了他的性命。許我欽取還朝。不次重用。想起來。只八品官。做下這場方便事。討了欽取。有甚不好。今早缺官署印。盧生可來參見也。

【步蟾宮】（生上）喫盡了南州青橄欖。似忠臣苦帶餘

此詞頗佳而起句尤爽快〔藏評〕

雲陽市采恨他叱時方恨亦常情也

甘。三年憔悴甚江潭。有百十倍的帶圍清減。俺盧生有罪。流配此州。州無正官。便是司戶官兒署掌。也不免過去見他。〔見介〕司戶先生拜揖請了。〔戶惱介〕呀。你是何人〔生〕長在此相見的盧生。〔丑〕你不說是盧生罷盧生流配之人。目今。掌印便是你收管衙門不應得你叩頭站立伺候。叫我一聲司戶。就請了去。好打好打。〔生〕誰敢。〔丑〕便叫牢子打哩。〔衆拖生打介〕〔生〕有何罪過阿。〔戶〕還不知罪。

〔紅衲襖〕打你個老頭皮不向我門下叅。打你個硬骸兒不向我庭下站。打你個蠢流民儘着嘍。打你個暗通番該萬斬。〔生〕宇文融可恨可恨〔戶〕宇文相公甚麽樣好人

二曲中多佳句非自肥腸滿腦中來不能為也（藏評）

一做此惡夢最為悶人此惡夢三折氣字

你也罵他。打你個罵當朝一古子的談。[生]不要哩。朝廷有用我之時。[丑]打你個仗當今一塊子的膽。[生]笑[介][丑]打的你皮開肉綻還氣岩岩也。打了呵還待火烙你頭皮鐵寸嵌。

[前腔][生]我分的大朝家辯詔讒。怎到你小官司行對勘。則道住的是狗排欄身自躭。誰想過了鬼門關。刑較慘。罷了罷了。既在矮簷下。怎敢不低頭。撲着口三千段。朝家事一謎的緘。搶着頭十二分。你本官前

再不敢。你打的我血「淋侵達」刺的痛饞饞也怎「再領得起你」那十指鑽鉗潑火燀。

［鐵鉗生頭火焰生足介］

［使臣帶將官捧朝服上］

［縷縷金］將雨露。灑烟嵐。皇宣催請急。舊新恭。一點三台路。海風吹暗。堂堂天使此停驂。過來的鬼門站。

［內上報介］天使到來。欽取宰相還朝。［戶驚喜介］我的宰文老爺小官還不曾替你幹的事就蒙你欽取我拜相回朝領戴領戴且把老「頭兒監候」［作接使臣不跪］使問介是甚麼官

此使臣即隨盧生還朝與尋常先下不同亦以近來拜相者有行人伴送故也〔臧評〕

此下半折全改另刻後幅〔臧評〕

兒不跪。〔戶〕天使來取司戶同朝拜相。體面不跪。〔使〕咄。快起去。盧老爺那裡。〔戶慌取生出介〕〔使〕盧老先生憔悴至此。有欽賜朝服。〔生更衣〕〔戶慌介〕〔使讀詔介〕皇帝詔曰。茲爾前征西節度使兵部尚書盧生。以朕一時不明。陷汝三年邊障。宇文融今已伏誅。賜汝定西侯爵邑如故。欽取還朝。尊爲上相。兼掌兵權。馬頭所到。先斬後奏。欽哉。謝恩〔使見介〕敢問老先生到此多年了。

〔紅芍藥〕〔生〕有三年不到朝叅。雲陽市別了妻兒。僥倖煞。天恩免。囚轞日南。珠滿淚盤。沾襟受盡熱和鹹。纔記起風清河淡。〔合〕喜重歸相府潭潭

詔書先斬後奏為司戶也盧生付之一咲只見氣字上得力

即此念便該成仙

有的這青天湛湛。

戶自綁上請罪介 那裡知朝廷眞有用他之時。宇文公。宇文公。弄得我沒上沒下的。只得前去請死。見介 司戶小人。有眼不識太山。綁縛堦前。合當萬死。生笑介 起來。此亦世情之常耳

紅衫兒是則是世間人都扯淡。有的閑窺瞰。也着些兒肚子包含。都不計較你了。自羞慚。把你那絮叨叨。口業都除懺。戶 老爺縱饒狗命。狗心不穩顛倒號令施行了罷。生笑介 疑惑我後來麽。大人家。誆過了無欺蘸頭直上青天監。

甘單

〔戶叩頭介〕天大肚子的老爺。千歲千歲千千歲。〔生〕君命召就此起行了。〔黑鬼三人上〕黑鬼們來送老爺〔生〕勞苦你三二年了。

〔會河陽〕地折底走過瓊厓萬儋。謝你鬼門關口來相探。〔戶〕地方要起老爺生祠。千年萬載。〔生〕要立生祠立在他狗排欄之上。生受他留我住站。我魂夢遊海南。把名字他稠房嵌。〔戶〕司戶我去後。好看覷黑鬼。要他黑爺兒穩着那樵歌擔。蛋夫妻。穩着那魚船纜。我去也。〔行介〕

【紅繡鞋】皇宣一紙鸞椷。鸞椷。車塵馬足趁趲。趁
趲。笑奸貪。枉愚濫。把時情憾。皇恩感。烏頭蘸。舊
朝簪。　又
【尾聲】讒痕妬迹無沾嵌。向鳳凰池洗淨征衫。今後
呵　海外山川長則是畫屏風邊際覽。
海外流人去　朝中宰相歸
舉頭紅日近　回首白雲低
摵改（使臣見）（生答介）

原本紅芍藥紅衫兒會河陽三曲今改此二曲與後紅繡鞋合其中下韻處亦皆穩當（臧評）此即臨川曲也略加點竄更洞心骸耳

【大和佛】（生）萬里投荒三載淹。天恩到日南。行行珠淚滴滿舊征衫。就裏自羞慚。（戶）自鄉請罪介（生笑）起來。此亦世情之常耳。把從前口業都除懺。這人情世態。久已似朝三。（戶）老爺縱饒狗命。狗心終是不穩。倒施行了罷。（生）況是我說過言辭。怎好相欺賺。早放下驚心寒膽。（戶）天大肚子的老爺。千歲千千歲（生）休承奉。度量如天大包含。君命召。就此起行了。（行介）

【舞霓裳】相府重歸鬱潭潭。鬱潭潭。虎口頻經視

情真

景得

司戶吊場斷斷不可少者臨川于此每不留意今增【臧評】

耽耽。視耽耽。[淨二人上]黑鬼們送爺[生]苦苦你三年了。從知頭上青天湛。謝得你鬼門蠻戶遠來探。不由咱心中私感。但只願長住碉房穩樵擔。

[紅繡鞋]見前

[尾]王程苦被風沙暗。和他天使且停驂。權把海外山川做畫屏風邊際覽。

[戶]司戶送老爺[生衆下][戶]看他何等威嚴若我做他時節休想我這喫飯家火留得在頸上這等大度量常言道宰相肚裏好撐船畢竟宰相官兒還讓他做還讓他做

第二十五 雜慶

此折全刪（藏評）衆人喜慶如此盧生除遇何如是作者善形容處正與南柯風謠一律藏每刪之何也

大迓鼓（工部大使上）小官工作場。功臣甲第。蓋造牌坊。魯班墨線千年樣。高閣樓臺金玉裝。（合）賞犒無邊。願他官高壽長。

自家工部營繕所一個大使。奉旨蓋造盧老爺大功臣坊、勅書閣、寶翰樓、醉錦堂、翠華臺、湖山海子、約二十八所、各工奏完、盧府賞銀三千錠、花酒不計其數、好氣槩也、

前腔（廐馬大使上）小官羣牧坊。功臣賜馬。夜白飛黃。方圓肥瘦都停當。穩稱他一路鳴珂裊袖香。（合）（前）

學生飛龍廐一個管馬大使。萬歲爺御樓上見盧府各位公子朝馬肥瘦不一。詔賜內廐。

此等富貴身受之亦只如夢自衆人誇張之倍覺鼓人臨川深得此法也

馬三十匹、送到盧府乗坐。蒙盧府賞我大使官一秤馬蹄金、押馬的九十餘人、人賞金錢一百貫、好不興也。

【前腔】（户部大使上）小官冊籍廊、爲功臣田土。詔撥皇莊。山田水碓何爲廣。更有金谷名園勝洛陽。（合前）

小子户部黄冊庫大使。奉旨齎送欽賜田園數目。田三萬頃、園林二十一所、送到盧府、蒙賞契尾錢一萬緡、好利市也。

【前腔】（樂官綠衣花帽上）小官内教坊、要功臣行樂。賜與糟糠。（内）連龜婆都去了、（樂）偷賣了一個粉頭老婆替哩、吹彈歌舞都停

二十四氣都便淘氣

争脚色可作外郎墓志

當。只怕夫人是個喫腊王【合】【前】

賤子是新襲職的龜官兒、萬歲爺賜功臣女樂、欽撥仙音院二十四名以按二十四氣。掌家禮部裴老爺差委送去盧府、女妓都留着用、賞賤子研光揷花帽一頂、百花衣一件。金錢一千貫。好不興也。【唱合前與前三官兒介】【樂】三。位。老。先。唱。偌。【衆惱介】反。了。反。了。臭。龜。官。敢。來。唱。偌。【樂】你。官。多。大。【衆】更。不。大。也。是。一。考。三。年。三。考。九。年。朝。廷。正。氣。大。選。六。品。衍。頭。出。去。爲。民。之。父。母。你。何等樣開口唱偌。【打介】也罷。不要打他。聽他家小娘兒去。【樂】老先老先我家小娘連娘都牽在盧府了。【衆】這等權把你當小娘唱個干曲兒。唱的好罷。不然呈告禮部堂上。打碎你的殼。【樂】也罷。便做小娘唱個銀紐絲兒。【唱介】愛豹是奴家。一貌也花、親、親、

喇音達
如此唱如此
贊奇〻

姊妹送盧家好奢華獨自轉回御風吹了綠悄紗斜簪一朵花小攢金袖軟靴兒乍撞着不嘴脣皮疙癩臭疙家把咱背疙喇鑽通鬪（眾）着也他我的外郎夫呵喇龜兒我龜兒喇（眾）唱的好再唱再唱。（樂）罷了（眾）諢內啊道介（眾）太老爺下朝房了。走走走。正是人逢開口笑。花插滿頭歸（下）

第二十六折　極欲

【感皇恩】（旦引）（貼上）依舊老平章。平沙堤上。宴罷千官擁門望。歸來袍袖長。是御爐烟颺。皇恩深幾許。如天廣。（貼）御宿田園。御書樓榜。御樂仙音。整排

便合不久遠

宗族茂盛

當。【旦】滿床簪笏盡是綺羅生長年光休去也留清賞。

【集句】遥見飛塵入建章。紅英撲地滿筵香。誰知不向邊城苦。爲報先開白玉堂。相公自嶺海歸來。二十年當朝首相。今日進封趙國公。食邑九千戶。官加上柱國。太師先蔭兒男。一齊陞改。長子傳翰林侍讀學士。次子倜吏部考功郎。三子儉殿中侍御史。四子位黃門給事中。這梅香伏侍相公也。養下一子。叫做盧倚。因他年小。掛選尚寶司丞。孫子十餘人。都着送監讀書。恩愛至矣。幾日前。父子侍宴御樓之上。萬歲爺憑闌望見我家朝馬肥瘦不齊。即便選賜御馬三十匹。宴罷之際。聞得老相公家中少用女樂。即便分撥仙音院女樂

通折詞曲俱佳而青調亦叶今人無能為此者【臧評】

列鼎而食

二十四名。以應二十四氣。又賜田園樓館。形勝非常。此時相公出朝。我教排設家宴。想俱整齊。相公來到。【眾擁生上】向曉入金門。侍宴瀧樓下。身惹御爐烟。歸來明月夜。我盧生出將入相。五十餘年。今進封趙國公。食邑五千戶。四子盡陞華要。禮絕百寮之上。盛在一門之中。侍宴方闌。下朝歸府。不免緩步而行。

【中呂粉蝶兒】錦繡全唐。真乃是錦繡全唐。鬧堂飡偏醉上我頭廳宰相。有那些（早歸過那）伴食班行。壓沙堤歸軟馬。是我到有些美懷佳量。轉東華驀着我庭堂又遍扎的我那夫人酬唱

此南北詞見散套小扇輕羅本楊花腔也然傳奇中用此調亦自悅耳【臧評】

【見介】夫人恭喜了。進封為趙國夫人。侍宴而歸。不覺梨花月上。【旦】妾因御賜樓臺幾所。因此開紅妝宴上翠華樓。陪公相盡通宵之興。【生】少待少待。你四個兒子。都擺着一路頭踏。鳴珂珮玉而回。【扮四子冠帶上】兄弟同日附蔭。拜見老爺老夫人去。【見禮介】禮樂衣冠第。文章富貴家。南山開壽域。東海溢流霞。爹娘在上。容孩兒們敬上一杯壽酒。【進酒介】

【泣顏回】列桂捧瓊觴。滿冠蓋青雲成浪。穿朝入苑。無非戚畹宮墻。老爺你「把朝堂穩坐」（端居甫堂看）一家兒門戶山河壯。保蒼生你大古裡馳名。荷皇封。小的兒沾賞。

選声而聽

此頭巾語借諷道學先生能勘破不能忍者〔臧評〕

〔旦〕院子請官兒堂上飲酒〔四子跪介〕稟老爺老夫人兒子荷爹爹福庇新受皇恩各衙門俱有公宴〔生〕正是衙門公宴不可遲遲〔四子打躬退介〕暫赴鴛行旅長趨燕喜堂〔下〕內作樂生嘆美介〔旦〕老相公不知此乃皇恩頒賜女樂二十四名按二十四氣吹彈歌舞可謂妙矣〔生〕哎喲我只道是家常雅樂原來教坊之女咱人不可近他〔旦〕怎生不可近他〔生〕尋常女子有色無聲名爲啞色其次有聲而未必有色能舞而未必能歌只有教坊之女「攪箏琵舞霓裳喬合笙大迓鼓醉羅歌調笑令」但是標情奪趣他所事皆知所以君子可視也不可陷也可棄也不可往也且其幼色取自鮮妍假母教其精細容止則光風霽月應對則流水行雲加之粉則太白加之朱則太赤高一分則太長低一分則太短詩家說道

極頭巾內帶極垂涎光景妙甚

如今理學先生不獨說白且肯唱曲并肯上場矣

前腔

月出皎兮。美人了兮。巧笑倩兮。美目盼兮。那一盼。你道是甚麼盼。把你的心都盼去了。那一笑。你道是甚麼笑。把人那魂都笑倒了。故曰。皓齒娥眉。乃伐性之斧。鶯聲燕語。乃叫命之梟。細唾粘津。乃腐腸之藥。翻床跳席。乃厥痿之機。老子曰。五色令人目盲。五音令人耳聾。所以小人戒色。須戒其足。君子戒色。須戒其目。相似這等女樂。咱人再也不可近他。【旦】這等公相可謂道學之士。何不寫一奏本送還朝廷便了。【生笑介】這却有所不可。禮云不敢虛君之賜。所謂却之不恭。受之惶愧了。【旦】公相聽你說白一篇。到耽悞了幾個曲兒。叫女樂近前。勸公相酒。【女樂叩頭介】【生】你們都是奉旨來的。請起請起。唱的唱。舞的舞。

【上小樓】【樂】我則望仙樓。排下這內家妝。步寒宮。

唱一个殘夢到黃粱可称黃絹幼婦（臧評）

二句態酒色二字

出落的紫霓裳。一個個清歌妙舞。世上無雙。把紅牙兒撒朗。羯鼓兒綳。邦閒的是吉琤琤的銀鴈兒。打的氷絃嘵。吸烏烏洞簫聲悠漾。把我這截雲霄不住的歌喉放。唱一個殘夢到黃粱〔生〕怎說起黃粱。〔衆〕不是。唱一個殘韻繞虹梁。

〔泣顔回〕〔生〕軒昂氣色滿華堂。立宮花濟楚珠珮玲琅。謝夫人賢達。許金釵十二成行。插花筵畔。捧蓮杯。笑立嬌模樣。叅飡他鳳髓龍肝。却沾承

脆設設肝腸一蹴。元人語也〔臧評〕

黛綠蛾黃。〔旦〕敘相公得知。還有酒在翠華樓。爲今夜煖樓之宴〔生〕賢德夫人也。淡月籠雲。玉堦之上可以翫賞。侍女們。燃百十枝絳紗燈。細樂導引。我與夫人緩步遊賞一回。〔貼〕衆燈籠細樂〔行〕〔介〕

〔黃龍滾犯〕踢蕩蕩的磴道三條。滴溜溜的平川一掌藹溶溶的淡月長空。高簇簇的紗籠翠晃。抵多少銀燭朝天紫陌長。〔笑做跌介〕侍不笑啊不是他紅生生翠袖雙扶把我脆設設的肝腸一蹴內奏樂笑聲道响介生前面幾十對紗燈响道。問是誰家貼衆問介內應介便是我家四位官兒。宴歸私宅生笑介好人家也。前面翠華樓了。

撲燈蛾犯靄青青烟裊袖鑪香。厮琅琅落花御溝漾。唧喳喳晚風飄細樂。齊怎怎千步廊回向。高艷艷的金牌玉樓。軟幽幽粉樓下垂欞。窗札札雕簷畫戟。雄糾糾有笑天獅。門外滚毬場。

到介旦公相。你看翠華樓前面。欽賜碧蓮湖三十六景。生真乃神仙景致。女樂們扶我與夫人上樓去。上介生大觥酒酒來與夫人痛飲。

極寫酒色二字

收紗燈爲號想豫章人有此〔臧評〕

道學本色

〔上小樓犯〕展嵬嵬登了閣。砌臻臻遊了房。眞乃是倚着紅雲。踏着紅蓮。逗着紅粧。〔旦〕老爺請酒。〔做酒醉濕袖介〕〔生〕笑的來酒影花枝。酒搖燈暈。酒生袍浪。越顯的這風清也似月朗。〔旦〕高樓良夜。相公可以盡懷。〔樂爭持生介〕〔生〕聽我分付。今夜便在樓中派定。此樓分爲二十四房。每房門上掛一盞絳紗燈爲號。待我遊歌一處。本房收了紗燈。餘房以次收燈就寢。倘有高興兩人三人。臨期聽用。〔樂笑應介〕

〔疊字犯〕拍拍紅喧翠嚷。匝匝情深意廣。沉沉的

壯得意二字收功名將相四字

詩刪爲非以体也〔臧評〕

玉漏稀娟娟的風露涼悉的悉喇宿鳥兒湖上閃閃開紅紗繡牕一個個待枕席生香落落滔滔取情兒翫賞笑笑笑人生幾百歲醉煞錦雲鄉

〔旦〕夜闌了相公將息貴體〔生〕夫人吾今可謂得意之極矣

〔尾聲〕論功名爲將相也是六十載縶天架海梁夫人向後呵我則把這富貴榮華和咱慢慢的享

「美景天將錦繡開　昇平元老醉金杯

夜夜笙歌歸院落　朝朝燈火下樓臺

第二十七折　友嘆

【掛眞兒】（蕭上）生意盡憑黃閣下。嘆元寮病染霜華。紫禁烟花。玉堂風月。長好是精神如画。

末句佳（臧評）

故交君獨在。又欲與君離。我有新愁淚。非関秋氣悲。下官蕭嵩。忝同平章事。有首相盧老先生。乃同年至交。年今八十有餘。忽然一病三月。重大事機。詔就床前請决。皇上恩禮異常。至遣禮部官各官觀建醮禳保。那禮部堂上是裴年兄。上香而回。必然到此。

【番卜算】（裴上）元老病能瘥。聖主心縈掛。（見介）（蕭）年兄。這

點出色字

蠟叶那架切

一番祈禱是如何。要作從長話。
【蕭】年兄。盧老先生。平日精神甚好。因何一病纏綿。
【風入松】【裴】畧知元老病根芽。說起一場新話。【蕭】是閣中機務所勞。【裴】非關閣下傷勞襍。是房中有些兒兆咎。【蕭】呀。難道盧老先生此時還有餘話。【裴】好好採戰。說長生事大。皇恩賜。女嬌娃。【蕭】有這等的事。老夫人怎不阻他。【裴】都道彭祖年高八百也用採女之術
【前腔】【蕭】老年人。似紙烘殘蠟。能禁幾陣風花。千

尋常語也以作曲便入三昧〔臧評〕

喜年兄大拜非熟于世故者不能為此語〔臧評〕

年彭祖今亡化顛倒着（做）折本生涯〔裴〕盧年兄富貴已極止想長生一路〔蕭〕便是論吾儕都是八句上下遲和蚤幾爭差。盧老先生既有此失勢必蹺蹊且喜年兄大拜在即了〔裴〕不敢

病到調元老　朝家少國醫

惟餘一枝樹　留與後來棲

第二十八折　生寤

【金蕉葉】〔旦〕愁容上愁長恨長。天樣大門庭怎放。就其

只要自家富貴那管別人死活且正以別人死活為自己富貴耶

針線

間有話難詳。天天天。怎的我老相公一時無恙。
事不三思。終有後悔。我老相公夫婦齊眉。極
富極貴。年過八十。五子十孫。此亦人間至樂。
矣。以前止是幾個丫鬟勸酒。老身時時照管
不致疎虞。近因皇帝老兒沒緣沒故。送下幾
個教坊中人。歌舞吹彈。則道他老人家飲酒
作樂而已。誰想聽了個官兒。他希求。進用。獻
了個採戰之術。三月以前。偶然一失。因而一
病蹺蹊。所仗聖眷轉深。分遣禮部官于各宮
觀建醮祈禳。王公國戚。以次上香。可謂得君
之至矣。只恐福過災生。未肯天從人願。天呵
不敢望他百歲。活到九十九也罷了。[兒子走
上]報介。老夫人。老夫人。老爺不好了。分付請
他出。堂。而坐。[兒子
[梅香扶生病上

舟青易老二句入詞則佳入曲便迂矣【臧評】

到尔時方追想前事盖人情也【臧評】

【小蓬萊】八十身爲將相。如今幾刻時光。猛然惆悵。丹青易老。舟楫難藏。

【集唐】將相兼權似武侯。誰人肯向死前休。臨階一盞悲春酒。野草閑花滿地愁。夫人。我病勢沉沉。精魂散亂。多因罷了。思想當初。孤若一身。與夫人相遇。登科及第。掌握絲綸。出典大州。入參機務。一竄嶺表。再登台輔。出入中外。迴旋臺閣五十餘年。前後恩賜子孫官蔭。甲第田園。佳人名馬。不可勝數。貴盛赫然。舉朝無比。聖恩未報。一病郎當。夫人我和你以前歷過酸辛。兒子都不知道。豈知我八十而終。皆天賜也。

【勝如花】寒牕苦。滯選場。瘦田中。蹇驢來往。猛然

命值籤箕無狀句九佳〔臧評〕

好

文僞

閒撞入卿門平白地天門看榜命值着籤箕無狀手爬沙去開河運糧手提刀去胡沙戰場險些兒劍死雲陽貶炎方受瘴又富貴八旬之上合筭從前勞役驚傷到如今疾病災殃〔旦〕老相公你此病雖然天數也是自取其然八十歲老人家怎生採戰那〔生怕介〕採戰採戰我也只是圖些壽筭看護子孫難道是瞞着你取樂

〔前腔〕〔旦〕你年過邁自忖量說採戰混元修養爲朝廷燮理陰陽自體上不知消長這一病可能

白首夫妻為許事亦參商耶（臧評）

相公之尊如此故不至死不去仕亦醒世之語（臧評）

停當。老相公平安罷了。有些差池。說要那二十四個丫頭償命（生惱介）少道少道。（衆子）老夫人言詞太搶。老相公尊性兒廝強。俺孝順兒郎。「爹爹揀口兒咱」盡情供養。（生）不想喫呵。（衆子）這等有湯藥在此。（跪進藥介）嘗了藥進些無恙（生惱介）還喫甚藥（合前）（內報介）報報報。閣下裴老爺蕭老爺問安到堂。（旦）怎好相待。（生）長兒子答應去你說有勞蕭叔叔裴叔叔。晚些下朝。請來有話。（長子應下）（內介）公侯駙馬伯各位老皇親問安到堂。（生）次兒子答應去這都是四門親家。說有勞了。容病起叩謝。（次應介）（內介）五府六部都通大堂上官共八十員名稟帖問安到堂。（生）三的兒答應去你說有勞了。（三子應下）（內介）小

末句此越中徐文長句法所謂小家數也【臧評】

允卿堂吐官一百八十員名腳色問安到堂(生)第四的答應去你說知道了(小應介)(內介)合京大小各衙門官三千七百員名連名手本問安門外伺候(生)堂候官分付都知道了(官應下)(內介)報報報萬歲爺欽差高公公領了御醫來到(旦慌介)(生)快取冠帶加身夫人接

旨

(滴溜子)(高領御醫上)驃騎的驃騎的駕前排當領聖旨「御醫前往直到平章宅上」(府中親往帶着御医相訪)他病患有干係無虛誑俺比他富貴無聊(倒在)(他)百寮之上

(到介)聖旨到跪聽宣讀詔曰卿以俊德作朕元輔出鎮藩服入贊緝熙昇平二紀實卿是

冊單

賴。比因疾累。日謂痊除。豈遽沉頓。良深憫默。今遣驃騎大將軍高力士就第省候。卿其勉加調養。爲朕自愛。深冀無妄。期於有喜。謝恩。（旦）謝恩起介（生）老公公學生多蒙聖恩。有勞貴步。何以爲報。（高）宮監事煩。不得頻來看望。老先生。萬歲爺甚是懸掛。以前雖遣中使時常問安。還不放心。以此特差本監。領這御醫視藥調膳。叫你千萬寬養。以付眷懷。且着御醫診視。

（診脈介）

【榴花泣】（御）貴人擡手。指下細端詳。手背上汗亡。陽。呀。魚遊雀啄去佯佯。喜心經。有脈弦長。老爺下官太素最精。老爺心脈洪大。眼下有加官蔭子之喜。下官不勝欣賀。（生笑介）難道難道。（御背

怎做得姜公句佳（臧評）

（高介）盧老爺脉欠好了。魂飛散揚。爭些兒要得身亡喪。（高哭介）可憐盧老先。幾十載裏外同心。霎兒間。形影分

張。

（御）老爺容下官處方呈上。可憐醫國手。空費藥籠心。（下）（生）老公公。我高年病重。醫療多難。頂戴皇恩。没身無報。

（前腔）書生何德。毫髮聖恩光。垂老病。賜仙方。微臣要「掙挫做」姜公望。八旬外。恁的郎當。（老公公。）（老臣不能下牀。只在枕頭上叩首謝恩了。）（三叩首介）萬歲萬歲萬萬歲。天恩敢忘。顧

怎。做。得。

叮囑高公至臭臉別後討幼子癡淚播寫人情曲盡〔藏評〕

來生做鬼也向丹墀傷。老公公。蕭裴二公雖係同年同官。還仗老公公青目。[高]這是交情在前了。[生]要緊一事。俺六十年勤勞功績。老公公所知。怕身後蕭裴二公總裁國史。編載不全。[高]這個朝家自有功勞簿。逐一比對。誰敢遺漏。[生]保家門。全仗高公紀功勞。借重同堂。[生]請問老公公身後加官贈諡何如。[高]自有聖眷。不必掛心。咱去也。[生哭介]哎喲。還有話。老夫有個孽生之子盧倚。年小。叫來拜了公公。[扮小公子出拜介]好個公公。好個公公。公公。青目你孫子些兒。[生笑介]孩子到賊哩。[高]小哥注選尚寶中書了。[生]本爵止敘邊功。還有河功未敘。意欲和這小的兒再討個小小應襲。望公公主持。[高]謹記在心。不敢久停了。

大臣忍死草遺表六中時襞（臧評）

痴

以上數曲與蔡公遺囑彷彿

〔生〕叩頭哭介千萬奏知聖上。老臣再不能勾瞻天仰聖了。〔哭介〕〔高〕要知恐必求恩澤且盡餘生答聖明。〔下〕〔生〕哎喲哎喲。我汗珠兒滾下來了。絲筋寸骨都是疼的。好冷好冷哩。是了。這叫做風刀解體。誰替得我呵。叫大兒子將文房四寶。掃席焚香。待我寫下遺表。謝了朝廷。便教瞑目矣。〔旦〕公相不煩自寫。〔生〕你不知俺的字是鍾繇法帖。皇上最所愛重。俺寫下一通也。留與大唐家作鎮世之寶。〔長兒上〕老得文園病。還留封禪書。焚香在此。老爺草表。

〔生〕叩頭且扶頭正衣冠寫介

【急板令】儘餘生。丹心注香。盼堦前。斜陽寸光。呀手戰寫不得。罷了。起個草。兒子代書。待親題奏章。待親題奏章。

卩 卩 下

窮富貴在何方此悟非到盡頭不能悟〔臧評〕

痴

甘單

俺戰戰兢兢。爲不成行。你整整齊齊。記了休忘。〔長漢落筆介〕〔合〕「從今後。大古裏」（衆和子從此）分張。窮富貴。在何方。〔生〕短氣〔介〕不要聒噪。大兒子念表文俺聽。〔長〕念〔介〕臣本山東書生。以田園爲娛。偶逢聖運。得列官府。過蒙榮獎。特受鴻私。出擁旄鉞。入升鼎輔。周旋中外。綿歷歲年。有忝恩造。無裨聖化。負乘致寇。履薄臨兢。日極一日。不知老之將至。今年八十餘。位歷三公。鐘漏並歇。筋骸俱撤。彌留沉困。永辭聖代。臣無任感戀之至。謹奉表稱謝以聞。〔生〕是了。俺氣盡之後。端正寫了奏上。夫人你和俺解了朝衣。朝冠收在客堂之上。永遠與子孫觀看。〔换舊衣巾嘆介〕人生到此足矣。呀。怎生俺眼光都落了。俺去了也。〔衆向舊睡處倒介〕〔衆哭介〕

此等表白非得肯綮者不能佳也（藏評）

身體髮膚無不如是

【前腔】老天天。把相公命亡。老爺爺。俺天公壽喪、且立起容堂。且立起容堂。把一品夫人哭在中、央列位官生。哭在邊傍。【合前】

【衆哭介、旦臨。去。生。鬚。拍生背哭介】盧郎。好醒呵。【下】【生作驚醒省介】哎喲。好一身冷汗。夫人那裏。【丑扮前店主上】甚麼夫人。【生叫介】盧傳盧個盧僉盧位小的盧荷呢。咳。都在那裡去了。【丑】叫誰那。【生】我的兒子。【丑】你有幾個兒子那。【生】五個哩。咳。都在前面勑書閣寶翰樓耍子。【丑】便只是小店。【內驢鳴介】【生】三十疋御賜的名馬。可餵些料。【丑】只一個蹇驢在放屁。【生】啊我脫下了朝衣朝冠。【丑】破羊裘在身上。【生】嗄。好怪好怪。連。我。白鬚鬚子。那裏去了。【看介】

三六

此另起調須用細膩方妥做以下五曲亦佳〔臧評〕

光景逼真

不爲此疑何由得悟道人寧唱後方開甚得做法〔臧評〕

你是誰。不是崔家院公麼。〔丑〕甚麼崔家院公。趙州橋店小二。煑黃粱飯你喫哩。〔生想介〕是哩。飯熟了麼。〔丑〕還饒一把火兒。〔生起介〕有這等事。

〔二郎神〕難。。。酬想。眼根前。不盡的繁華相。

記不盡眼前形相

當初是打從這枕兒裏去。〔提枕介〕枕兒內有路分明留去向。向其間。打滾影兒。歷歷端詳。難道這一星星都是謊。怎

只落的 好荒唐怎

教人不護着這枕兒心怏。〔嘆介〕忽突帳六十年光景。熟不的半米黃粱

〔呂上笑介〕山靜似太古。日長如小年。盧生睡的可得意麼。〔生〕老翁。太奇太奇。偷一徑的擒

此際尋思得意何在一句點醒一生矣〔臧評〕

一句點醒是仙語

中了唐家狀元。替唐天子開了三百里河路。打過了一千里邊關。〔呂笑介〕哎。多少力勞。〔生〕老翁不知。小生也不敢詐聞。恁大功勞還聽個讒臣宇文丞相之言。賜斬咸陽都市。喜得妻兒哭救。遠竄嶺南。直走到崖州鬼門關外。〔呂〕僥倖僥倖。後來。〔生〕後來有得蕭裴二位年兄辯救。欽取還朝。依舊拜爲首相。金屋名園歌兒舞女。不記其數。親戚俱是王侯。子孫無非恩蔭仕宦五十餘年。整整的活了八十多歲。〔呂〕你說大丈夫當建功樹名。出將入相列鼎而食。選聲而聽。使宗族茂盛而家用肥饒。然後可言得意。如子所遇。豈不然乎。此際尋思。得意何在。〔生想介〕便是呢。黃粱飯好香也。〔呂〕子方列鼎而食。希罕此黃粱飯乎。

〔玉鶯啼〕你堂餐多飽。臭尖頭還新廚飯香。〔生〕黃粱恁

醒後方知是夢何猶恋〻妻子乎（藏評）

雞狗等句藏段如今都在那裡一句点破（藏評）

般難這黃粱是水火勾當好枕兒邊問你那
熟（呂）崔氏糟糠可還挑黃粱半箸與你那兒郎豢養
（生想介）好多時候哩（呂笑介）、終不然水米無交蚕滾熟了
山河半餉你「希迷想」（休恁痴）怎不把來時路玉眞重訪
（生笑介）老翁教我把玉眞重訪、難道來時路
還在這枕眼裡、（再看枕嘆介）咳、枕兒枕兒、你
把我盧生有家難奔、有國難投、別的罷了、則
可惜俺那幾個官生兒子呵、（呂笑介）你那兒
子、難道是你養的、（生）誰養的、（呂）「是那店中雞
兒狗兒變的、（生）咳、明明的有妻淸河崔氏、坐
堂招夫、（呂）便是崔氏也、「是你那胯下靑驢變
的、盧郎馬爲驢、（生想介）這等一輩兒君王臣

醒了

害從何而來【呂】都是妄想遊魂參成世界【生
嘆介】老翁老翁。盧生如今惺悟了。人生眷屬、
亦猶是耳、豈有真相乎、其間寵辱之。
數、得喪之理、生死之情、盡知之矣。

【簇御林】風流帳。難筭場。死生情。空跳浪。埋頭午
夢人胡撞。剛等得花陰過。總鷄聲過墻。說甚麼
張燈喫飯纔停當。罷了。功名身外事。俺都不去
料理他。只拜了師父罷。【拜介】
似黃粱浮生稊米都付與滚鍋湯。

【啄木兒】【呂】（成）何驚恍忒遽忙。敲破了枕匣（把枕兒敲破）我也無
伎倆。你拜了我。便要跟我雲遊了。【生】便跟師父
雲遊去【呂】求道之人。草衣木食。露宿風餐。

夢醒即是仙
再尋盟証又
重做夢矣正
与關漢卿續
西廂同失

你做功臣的人怎生享用的[生]師父又取笑了。[呂]還一件徒弟有參差的所在。師父當頭拄杖就打欬了。眉也不許皺一皺。[生]弟子雲陽市上都不曾聽個眉怎怕的師父打[呂]笑介 你雖(然)是寐語星星。怕猛然間舊夢(遊)揚飛 [生]白日青天。還做甚麽夢也。師父。[呂]你果然比黃虀苦辣能供養。比飡刀痛澀能回向。也還要請個盟証先生。和你議久長。細思量

[生]便隨師父尋個證盟師去。

[滴溜子]跟師父。跟師父。山悠水長。那証盟的。証

盟的他何人那方撚不離了邯鄲道上一匝眼煮
黄粱鍋未響六十載光陰「唱好是忙」早已下場
師父証盟師
尾聲 生「俺識破了去求仙日夜忙」從今不作人間想 在那裏 呂
有個小庵兒喚做蓬萊方丈 生 這等快行快行
了去 生 罷「可○不○聽○俟○我遊○」○○○○○○ 丑 黄粱飯熟可喫
待你熟黄粱又把俺那一枕遊仙
了罷了
○仙○一○夢○長
擔誤的廣 下
丑 好笑好笑一個活神
仙度了盧秀才去了
生疚長安道
邯鄲正午炊

曹舅後何姑
接上唱笊篱
兒漏洩春拐
不上閒愁悶
句〔臧評〕

韓湘改采和
前唱小韓湘
會造逡巡醞
、字〔臧評〕

張果老曲改
以、〔臧評〕

蚕知燈是火　飯熟幾多時

第二十九折　合僊

〔清江引〕〔上〕〔鍾離〕漢鍾離半世有神仙分道貌生來全〔上〕〔曹舅〕那雖然（我）國舅親富貴做尋常論〔合〕世上人不學仙真是蠢　只恐學仙也是蠢

〔前腔〕〔上〕〔鐵拐〕這拐兒是我出海撩雲棍一步步把蓬萊寸〔上〕〔采和〕高歌踏踏春豐美的隨時諢〔合〕〔前〕

〔前腔〕〔上〕〔韓湘〕小韓湘會造遨巡醞把頃刻花題韻

何姑復墜風塵耶削之（臧評）

第二折洞賓云奉張果仙尊之命則果老上場不宜在洞賓之後且洞賓以點絳唇上此後不宜更有引子也予故為改定（臧評）

（何姑）我笊籬兒漏洩春。撈不上的閑愁悶。（合前）

（上）

（衆仙起手介）（何笑介）（鍾離）公。着你高徒洞賓

子奉東華道旨下界度引真仙。還不見到。好

悶人也。（拐打何介）咄。做仙姑還有的想。我一

拐打斷你笊籬根。（漢笑介）大家蟠桃花下走

跳去。漢鍾離到老梳了髻。曹國舅。帶醉舞朝

衣。李孔目。拄着拐打磕睡。何仙姑。拈針補笊

籬。藍采和。海山充樂探。韓湘子。風雪棄前妻。

兀那張果老。五星輪的穩。算定着呂純陽三

醉岳陽（回衆下）（上）

（仙呂點絳唇）（呂引）（生上）一片紅塵。百年銷盡。閑營運。

夢醒逡巡。蚤過了茶時分。

了了下

全曲削去節取數白藏評一到底夢夢

單

生師父前面一簇高山流水是那裡。呂此乃蓬萊滄海大修行之處也。生那裏有甚麽景致。

混江龍呂這裏望前征進。明寫着碧桃花下海仙門。到時節。三光不夜。那其間。四季長春。生呀望見大海那蓬萊方丈了。那山上敢也有虎。便是這海子。又有鯨鰲。呂笑介就裏這海濤中。有三番十五衆。鰲魚轉眼。到的那山島上。止一斤十六兩。白虎騰身。生海船那裡。呂你背着師父去。生怕介。呂你合着眼過去。生背介一匝眼過了海也。望介對的沒有颶風。赫赫海子外。沒個州郡淒涼人也。〔呂〕「你道是仙人島有三萬丈清涼界。全無州郡。比你那鬼門關。八千里烟瘴地遠惡州軍。〔生〕可有剪徑的。〔呂〕剪徑的。無過是走傍門。提外事。貪天小品。〔生〕也有跳鬼的。〔呂〕跳鬼的。有那出陽神。拋伎子。散地全眞。」〔生〕望介呀。雲端之下。是有人家。怎生穿紅穿綠。蹦的跛的。老的小的。是怎的。豈有這等一班人物。〔呂〕都是你的証盟師了。「數你聽。「有一個漢鍾離。雙丫髻。蒼頹道扮一個曹國舅。八采眉。象簡朝紳。一個韓湘子。棄舉業儒門子弟。一個藍采和。

這關通

漸次引進

他是打院本樂戶官身。一個拄鐵拐的李孔目。帶些殘疾一個荷飯笊。何仙姑。挫過了殘春。【生】他們日夜在這所在貴幹【呂】他們無日夜。演禽星。看卦氣。抽添水火。有時節。點殘碁。斟壽酒。笑傲乾坤。【生】這都是生成的神仙。怕修行的不能夠【呂】雖則受生門。綠眼睛。紅腦子。仙風道骨也恰向修行路。椄尾閭。通夾脊。換髓移筋。【生】弟子小可能到此【呂】你可也有福力。開了頭。崔氏宅。夫榮妻貴無業障。撇了脚。唐家地。蔭子遺

仙人真話

收情痴俟小生句

孫可是你三轉身單注着邯鄲道祿盡衣絕一睫眼猛守的清河店米沸湯渾[生笑介]弟子一生躭閣了個情字[呂]蚕則是火傳薪半竈的燒殘情榾柮却怎生風鼓鞴一鍋兒吹醒睡餛飩也因你有半仙之分能消受遇着我大道其間細講論[望介][生]兀那來的老者眉毛多長[呂]眼睜着張果老把眉毛褪雖不是開山作祖仙分裏爲尊」

此引改置點絳唇前與首二曲合[臧評]

[清江引][上][果老]看蟠花兩度唐堯運甲子何勞問

到底夢不醒

再應情痴二字

甘單

蓬山好看春。只要有神仙分。[合]世上人。不學仙。眞是蠢。

[呂]稽首吽生後跪迎介[呂]張仙翁。呂巖稽首。[張]後面跪的何人。[生]前唐朝狀元丞相趙國公盧生叩叅[張]笑介請起。老國公。老丞相。這等寒酸了。[生]做夢哩。[張]笑介可是夢哩。地廝你柰煩了五十年人我是非。咤異咤異。[生]是也。[張]盧生前來[生]跪介[張]你雖然到了荒山。看你痴情未盡。我請衆仙出來。提醒你一番。你一椿椿懺悔者。[生]應介[衆仙漁鼓簡子唱上介]

[上]鵲橋。下鵲橋。天應星。地應潮。响𨋣𨋣漁鼓閙雲樵。酒煖金花。探着藥苗。青童笑來玉女嬌。火候傷丹細細的調。轉河關。撒手正逍遥。莫把游山春。躭悞了。[見介]張翁。稽首了。

收回道人三字

唱道情者率用此調令以提醒盧生最得体〔臧評〕六問雖僅總不出此際尋思得意何在句意可知都是贅

〔何見介〕洞賓先生。引的這痴答漢來了。〔呂〕仙姑。恰好蟠桃宴時節哩。〔生〕師父。只說你是囘道。人。原來便是呂洞賓。活神仙。我拜的着也。〔張〕衆仙真。可將他夢中之境。逐位點醒他。証盟一番。方好收度。〔衆〕仙翁主見極明。痴人跪下。六仙依次責問。〔生跪介〕

〔浪淘沙〕〔漢〕甚麼大姻親。太歲花神。粉骷髏。門戶一時新。那崔氏的人兒何處也你個痴人。〔生叩頭答介〕〔合〕我是個痴人。

〔前腔〕〔曹〕甚麼大關津。使着錢神。插宮花。御酒笑生春。奪取的狀元何處也你個痴人。〔生叩頭答介〕〔合前〕

【前腔】（李）甚麼大功臣。掘斷河津。為開疆展土。害了人民。勒石的功名何處也。你個痴人。（生叩頭答介）【合前】

【前腔】（藍）甚麼大寃親。竄貶在烟塵。雲陽市。斬首潑鮮新。受過的悽惶何處也。你個痴人。（生叩頭答介）【合前】

【前腔】（韓）甚麼大階勳。賓客填門。猛金釵十二醉樓春。受用過家園何處也。你個痴人。（生叩頭答介）（合前）

此院本體

記
一

【前腔】甚麼大恩親。纏到八旬。還乞恩。恐處護兒孫。鬧喳喳孝堂何處也你個痴人【生叩頭答介】【合前】

【張】且任盧生被衆仙眞數落這一會。他敢醒也。【生】弟子老實醒也【張】盧生聽吾法旨。你本是邯鄲道儒生未遇。爲功名想得成痴。幸直着小二店。乾坤逆旅。過去了八十載。人我是非。掙醒來。炊人一夢。道人間飯熟多時。誰信道趙州橋。半夜水漲。剛打到丞相府。白日鬼迷。你和那崔氏女。拋殘午夢。虧了洞賓子。擣弄天機。黃粱飯。難消一粒。葫蘆藥。到用的刀圭。垂目睡。加工水汞。自心息。把東金煉齊。心生性。吾心自悟。一二三。主人自持。飢時飽。和你安壚作竈。醒了後。又怕你苦眼鋪罥。叫鐵拐子。把思凡桃。葫蘆提拄碗。請仙姑女。把那

下

三十六

此南戲也而
北比作底板
則分唱合唱
皆所不便故
催拍二曲易
之衆仙合唱
[臧評]

殘花帚欄柄傳題。直掃得無花無地非為罡。
這其間忘掃忘帚不是痴那時節騎鸞鶴朝
元謁聖。纔是你跨驢駒。入夢便宜。[呂]
盧生領了帚拜謝仙翁。[生領帚拜介]
[北沉醉東風]再不想烟花故人。再不想金玉拖
受多少艱辛〻〻〻五十餘年為甚勞神还
身。[呂]你三生配馬驢。一世行官運。碑記上。到頭
待誰來喚醒迷蕘絕得个夢覺遶巡又桃樹幾千春
難認。[漢][曹]富貴塲中走一塵。只落得高人笑哂。
[前腔][生]雲陽市。飡刀嚇人。鬼門關。掙脫了這殘
生。[呂]這等驚惶。你還未醒。苦戀着三台印。那其
間。多少寃親。[拐][藍]日未殂西蚤欠申。有甚麼商量

此下原詞俱删去（藏許）

到了不痴愚

要緊」

（前腔）（生）做神仙。（半）（是）齊天福人。「海山深縣脫了執箕帚閬苑童身幸得全真ゝゝゝ辭別邯鄲去守天門閑身。（呂）你掀開肉吊䏾。蘸破花營運賣花聲喚醒迷魂。（韓）眼見桃花又一春。人世上行眠立盹」看華岳成田滄海揚塵幾得个夢覺

（何）逡巡又桃樹幾千春

（生掃）（花介）

（前腔）（生）「除了籍。看茱黍邯鄲縣人着了役。掃桃花。閬苑童身。老師父你弟子痴愚、還怕今日遇仙也是夢哩、雖然妄蚤醒。還怕眞難認。（衆）你怎生只弄精魂。便做的痴

好

出以一操掉易之調高爽可聽（藏評）

本意

人說夢。兩難分。畢竟是遊仙夢穩

去。（張）朝東華帝君

（衆）鼓板行介

【清江引】儘榮華掃盡前生分。枉把痴人困。蟠桃

〔前生分今朝掃除盡榮華還空將世人

因緣一瞬乾坤已難認黃粱飯鍋中正初滚試

瘦作薪。海水乾成暈。那時節。一番身。敢黃粱鍋

一回頭忖千秋如聚塵醒未必休長作夢中人

待滚。

【北尾】度却盧生這一人。把人情世故。都高談盡。

則要你世上人。夢回時。心自忖。

莫醉笙歌掩畫堂。

暮年初信夢中長。

如今暗與心相約。　靜對高齋一炷香。

原闕據汲古閣本補